LEV TOLSTOI

—•·❖·•—

La muerte de Iván Ilich

LEV TOLSTOI

❖

La muerte de Iván Ilich

◆•PEQUEÑOS TESOROS•◆

Mientras escribía La muerte de Iván Ilich,
Lev Tolstoi atravesaba una fuerte crisis existencial.
En los años previos, el autor había saboreado las mieles de
la fama. No obstante, a pesar de su éxito literario, se sentía
desilusionado con la vida aristocrática y el vacío vital que
experimentaba. Este desencanto y su honda preocupación
por las cuestiones morales, éticas y espirituales se vieron
reflejados en esta breve novela, que examina de manera
profunda la naturaleza de la vida, la muerte y
el significado de una existencia auténtica.

La historia explora el viaje existencial de Iván Ilich,
un hombre ordinario que mira cara a cara su propia
mortalidad, cuestionando las convenciones sociales y
buscando el verdadero sentido de la vida mientras
se enfrenta a su inevitable fin.

CAPÍTULO I

*D*urante un receso de la vista del proceso Melvins-ky, los magistrados y el fiscal se reunieron en el despacho de Iván Yegorovich Shebek —en el gran edificio del Palacio de Justicia— y la conversación recayó sobre el célebre caso Krasovsky. Fiodor Vasilievich se acaloró, demostrando que dicha causa no incumbía a aquel tribunal. Iván Yegorovich se mantenía firme en su parecer y Piotr Ivanovich, que no intervenía en la conversación, empezó a hojear los periódicos que acababan de traer.

—Señores, ha muerto Iván Ilich —exclamó, de pronto.

—¿Es posible?

—Tenga, lea la noticia —replicó Piotr Ivanovich, tendiendo a Fiodor Vasilievich el ejemplar recién impreso, que olía aún a tinta fresca.

Una esquela, rodeada de una orla negra, decía lo siguiente: «Praskovia Fiodorovna Golovina tiene el sentimiento de participar a sus parientes y amigos que su amado esposo, Iván Ilich Golovin, miembro del Palacio de Justicia, falleció el 4 de febrero de 1882. El funeral se celebrará el viernes, a la una de la tarde.»

Iván Ilich era colega de aquellos señores, y todos lo apreciaban mucho. Hacía varias semanas que estaba enfermo; y decían que su enfermedad era incurable. Su plaza no estaba aún vacante; pero se suponía que, en caso de que muriera, la ocuparía Alexeiev y la de este último sería para Vinokov o Shtabel. Así, pues, al oír la noticia del fallecimiento de Iván Ilich, el primer pensamiento de todos los que estaban reunidos en el despacho fue acerca de la influencia que podría tener aquella muerte sobre sus propios ascensos o los de sus conocidos.

«Probablemente, ocuparé ahora la plaza de Shtabel o la de Vinokov. Hace mucho que me lo han prometido; y este ascenso me supone ochocientos rublos más, sin contar la cancillería», se dijo Fiodor Vasilievich.

«Tendré que solicitar el traslado de mi cuñado de Kaluga —pensó Piotr Ivanovich—. Mi mujer se va a alegrar. Ahora ya no podrá decir que nunca he hecho nada por sus parientes.»

—Ya me figuraba yo que no se levantaría —dijo Piotr Ivanovich, en voz alta.

—En suma, ¿qué es lo que ha tenido? Los médicos no han podido precisarlo. O, mejor dicho, cada uno diagnosticó a su manera. Cuando lo vi por última vez creí que se curaría.

—Pues yo no he ido a su casa desde las fiestas. Cada vez iba aplazando mi visita.

—¿Tenía bienes?

—Parece ser que su mujer tiene algo. Pero poca cosa.

—Habrá que ir. Viven tan lejos...

—Lejos de la casa de usted. Todo está lejos de donde usted vive.

—No puede perdonarme que viva al otro lado del río —exclamó Piotr Ivanovich, sonriendo a Shebek.

Empezaron a hablar de las grandes distancias de las ciudades; y, al cabo de un rato, fueron a la reunión.

Aparte de las reflexiones sobre posibles nombramientos y cambios en el servicio que podría traer consigo ese fallecimiento, el hecho mismo de la muerte de un conocido provocó en cuantos recibieron la noticia, según ocurre siempre, un sentimiento de alegría, porque había muerto otro y no ellos.

«Él ha muerto, mientras yo vivo aún», pensó o sintió cada cual. Los amigos de Iván Ilich pensaron, además, a pesar suyo, que tendrían que cumplir una serie de deberes de conveniencia, muy fastidiosos, tales como asistir a los funerales, hacer una visita de pésame a la viuda, etcétera.

Entre los amigos más íntimos de Iván Ilich figuraban Fiodor Vasilievich y Piotr Ivanovich. Este había sido compañero suyo en la Escuela de Jurisprudencia, y se creía el más obligado.

Mientras comían, comunicó a su mujer que Iván Ilich había muerto, y le habló de la posibilidad de que trasladaran a su hermano.

Sin echarse a descansar siquiera, se puso el frac y fue a casa de la viuda.

Ante la puerta principal de la vivienda de Iván Ilich había un coche particular y dos de alquiler. Abajo, en la antesala, al lado del perchero, apoyada en la pared, se hallaba la tapa del ataúd, cubierta de una tela brillante de seda, y adornada con lujosos flecos. Dos señoras enlutadas se quitaban las pellizas. Una de ellas era la hermana de Iván Ilich, y Piotr Ivanovich no conocía a la otra. Schwartz, un amigo de Ivanovich, bajaba la escalera. Al reparar en el recién llegado, se detuvo y le hizo un guiño, como si dijera: «Es tonto lo que ha hecho Iván Ilich; nosotros no somos así».

El rostro de Schwartz, con sus largas patillas, así como toda su delgada figura, enfundada en el frac, tenían siempre una elegante solemnidad que estaba en contradicción con su carácter jovial; pero en aquel momento se observaba en él una gracia especial, según creyó Piotr Ivanovich.

Dejando pasar adelante a las damas, subió lentamente la escalera. Schwartz esperó arriba. Piotr Ivanovich comprendió por qué lo hacía. Sin duda quería hablarle para preparar una partida de *whist*. Las damas subieron la escalera que conducía a las habitaciones de la viuda; y Schwartz, con sus gruesos labios fruncidos en una expresión seria y con una mirada jovial, movió las cejas, para indicar a Piotr Ivanovich la habitación mortuoria, situada a la derecha.

Como suele suceder en tales casos, Piotr Ivanovich entró indeciso y sin saber lo que debía hacer. Lo único que le constaba era que, en estos casos, nunca venía mal persignarse. No estaba seguro si las señales de la cruz debían ir acompañadas de inclinaciones y eligió el término medio: comenzó a santiguarse, inclinándose ligeramente. Al mismo tiempo, examinó el aposento, en la medida en que se lo permitían los movimientos de la mano y de la cabeza. En aquel instante salían de la habitación dos jóvenes; uno de ellos era un colegial, probablemente algún sobrino del difunto. Una viejecita permanecía inmóvil; y, junto a ella, una señora que tenía las cejas extrañamente enarcadas, le hablaba en voz baja. El sacristán, un hombre robusto y decidido, que llevaba levita, leía en voz alta, con gran expresión y un tono que excluía todas las contradicciones posibles. El criado Guerasim pasó junto a Piotr Ivanovich, con andares ligeros, espolvoreando algo por el suelo. Al ver esto, Piotr Ivanovich sintió, en el acto, un ligero olor a cadáver en descomposición. En su última visita a Iván Ilich, Piotr Ivanovich había visto a ese hombre en el despacho del difunto, cumpliendo las obligaciones de enfermero. Iván Ilich le tenía un gran afecto. Piotr Ivanovich siguió persignándose y haciendo ligeras reverencias en la dirección intermedia entre el féretro, el sacristán y los iconos, que se hallaban sobre una mesa, en uno de los rincones de la estancia. Luego, cuando ese movimiento de la mano le pareció demasiado prolongado, se detuvo y empezó a examinar el cadáver.

Este se hallaba tendido pesadamente como todos los muertos; sus miembros rígidos desaparecían en el interior del ataúd y tenía la cabeza reclinada para siempre sobre un cojín. Su frente, amarillenta como la cera, se destacaba como se destaca la de todos los cadáveres; junto a las sienes hundidas se apreciaban pequeñas calvas, y la nariz le sobresalía por encima del labio superior, como haciendo presión sobre él. Había cambiado mucho; estaba considerablemente más delgado que cuando Piotr Ivanovich lo viera por última vez; pero su rostro, como el de todos los muertos, era más hermoso y, sobre todo, más significativo que lo fuera en vida. Expresaba que había hecho lo que tenía que hacer, y que lo había hecho de una manera justa. Además, esa expresión parecía reprochar o recordar algo a los vivos. Piotr Ivanovich creyó que aquello estaba fuera de lugar o, al menos, que no tenía nada que ver con él. De pronto se sintió a disgusto, se apresuró a santiguarse y salió con precipitación, con demasiada premura tal vez, para las reglas de la conveniencia. En la habitación contigua lo esperaba Schwartz. Con las piernas abiertas y las manos cruzadas a la espalda, jugueteaba con la chistera. Con solo mirar al elegante, atildado y jovial Schwartz, Piotr Ivanovich se sintió aliviado. Comprendió que este se encontraba por encima de todo aquello y que no se dejaba arrastrar por impresiones desagradables. Su aspecto decía: «El incidente de los funerales por Iván Ilich no puede en modo alguno ser razón suficiente para interrumpir el orden de la sesión; es decir, nada puede impedirnos abrir un nuevo paquete de cartas, mientras el criado enciende unas velas; en general, no hay razón para suponer que esto sea un obstáculo para pasar esta velada de un modo agradable». Hasta susurró a Piotr Ivanovich estas palabras, y le propuso que se uniera a la partida que tendría lugar, aquella noche, en casa de Fiodor Vasilievich. Pero, por lo visto, Piotr Ivanovich no estaba predestinado a jugar al *whist* aquella noche. Praskovia Fiodorovna, una mujer gruesa y de mediana estatura que, a pesar de todos sus esfuerzos por conseguir lo contrario, seguía ensanchándose de hombros para abajo, vestida de luto riguroso, con un velo negro en la cabeza y las cejas tan extrañamente levantadas como las de la señora que estaba en el aposento del difunto, salió de su habitación con otras damas; y, después de acompañarlas hasta la puerta de la cámara mortuoria, dijo:

—Ahora mismo se celebrará el funeral; pasen ustedes.

Schwartz saludó con una indefinida inclinación de cabeza, y se detuvo sin aceptar ni rechazar aquella invitación. Al reconocer a Piotr Ivanovich, Praskovia Fiodorovna suspiró y, acercándose a él, tomó una de sus manos y le dijo:

—Sé que era usted un verdadero amigo de Iván Ilich...

Miró a su interlocutor, esperando de él una reacción que correspondiera a estas palabras. Piotr Ivanovich sabía que, si antes era preciso persignarse, ahora tenía que estrechar la mano de la viuda, lanzar un suspiro y decir:

«Créame usted...». Y esto fue lo único que hizo. Acto seguido, se dio cuenta de que había obtenido el resultado deseado: se había conmovido y la viuda también.

—Venga usted conmigo; antes que empiece el funeral, tengo que hablarle — dijo Praskovia Fiodorovna—. Deme el brazo.

Piotr Ivanovich ofreció el brazo a la viuda de Iván Ilich y se dirigieron a las habitaciones interiores, pasando ante Schwartz, quien le guiñó un ojo con aire compungido: «¡Nos ha echado a perder la partida de *whist*! Si no acude usted, buscaremos otro compañero. Y cuando quede libre, podremos seguir la partida los cinco», dijo su mirada jovial.

Piotr Ivanovich suspiró, aún más profunda y tristemente; y Praskovia Fiodorovna, agradecida, le estrechó la mano. Al entrar en el salón, tapizado de cretona rosa y discretamente alumbrado, se sentaron junto a una mesa; la viuda en un diván y Piotr Ivanovich en un asiento bajo, cuyos muelles, descompuestos, crujieron con el peso de su cuerpo. Praskovia Fiodorovna habría querido ofrecerle otra silla, pero creyó que era inoportuno ocuparse de tales cosas en la situación en que se encontraba, y cambió de parecer. Mientras se sentaban, Piotr Ivanovich recordó cómo Iván Ilich había arreglado aquel salón y se había dejado aconsejar por él respecto de aquella cretona rosa con hojas verdes. Al ir a sentarse en el diván, cuando pasaba ante la mesa (el salón estaba lleno de muebles y de cachivaches), a la viuda se le enganchó un extremo de su velo de encaje en una de las incrustaciones de la mesa. Piotr Ivanovich se incorporó para desengancharlo; y el asiento, libre de su peso, comenzó a hincharse, empujándolo hacia arriba. La viuda trató de liberar con sus propias manos el extremo del velo, y Piotr Ivanovich se sentó de nuevo, aplastando el asiento rebelde. Pero Praskovia Fiodorovna no consiguió su propósito, y Piotr Ivanovich volvió a levantarse; el asiento se agitó de nuevo y hasta emitió un crujido. Cuando todo quedó arreglado, Praskovia Fiodorovna sacó un pañuelo de impecable batista y se echó a llorar. Piotr Ivanovich, que se había calmado con el episodio del velo y la lucha contra el asiento, permanecía sentado, con el entrecejo fruncido. Fue Sokolov, el criado del difunto Iván Ilich, quien rompió esa embarazosa situación. Había venido a comunicar que el terreno del cementerio que Praskovia Fiodorovna había designado costaría doscientos rublos. La viuda dejó de llorar, y, mirando a Piotr Ivanovich con aire de mártir, le dijo, en francés, que sufría mucho. Piotr Ivanovich hizo una señal muda, que expresaba la absoluta certeza de que no podía ser de otro modo.

—Fume usted, se lo ruego —dijo Praskovia Fiodo-rovna, con tono permisivo, aunque abatida al mismo tiempo; y empezó a discutir con Sokolov respecto del precio del terreno.

Mientras Piotr Ivanovich encendía el cigarrillo, oyó que la viuda se informaba con todo detalle de los distintos precios de los terrenos y que, finalmente, precisaba el que tomaría. Después, dio las órdenes oportunas respecto del coro. Sokolov se marchó.

—Todo lo hago yo misma —dijo Praskovia Fiodo-rovna a Piotr Ivanovich, apartando unos álbumes. Y dándose cuenta de que la ceniza del cigarrillo de su interlocutor amenazaba la mesa, se apresuró a alargarle el cenicero, mientras añadía—: Encuentro que es afectado asegurar que la pena impide ocuparse de asuntos prácticos. A mí me ocurre lo contrario. Si hay algo que puede, si no consolarme, al menos... distraerme, es precisamente la preocupación por arreglar las cosas de él —volvió a sacar el pañuelo, como si fuera a echarse a llorar, pero pareció dominarse, y continuó en tono tranquilo—: Tengo que decirle algo.

Piotr Ivanovich se inclinó ligeramente, sin permitir que se desplegaran los muelles del asiento, que, acto seguido, empezó a agitarse bajo su cuerpo.

—Sufrió terriblemente los últimos días.

—¿Ha sufrido mucho? —preguntó Piotr Ivanovich.

—¡Terriblemente! En sus últimas horas no cesó de gritar. Los tres días postreros, con sus consabidas noches, se quejaba constantemente. No comprendo cómo ha podido soportar eso. Sus gritos se oían a través de tres puertas. ¡Oh, cuánto he sufrido!

—Pero ¿estaba consciente? —preguntó Piotr Ivanovich.

—Sí, hasta el último momento —replicó Praskovia Fiodorovna, en un susurro—. Se despidió de nosotros, un cuarto de hora antes de morir, y rogó que se llevaran a Volodia.

De pronto, la idea de los sufrimientos padecidos por un hombre al que conociera siendo un alegre colegial y más tarde, adulto y colega suyo, horrorizó a Piotr Ivanovich, a pesar de la desagradable conciencia de su propia afectación y la de aquella mujer. Se representó aquella frente y aquella nariz que hacía presión sobre el labio superior, y temió por sí mismo.

«Tres días de atroces sufrimientos, y la muerte. Esto puede sucederme a cada instante», pensó; y, por un momento, se sintió horrorizado. Pero inmediatamente, y sin que él mismo pudiera explicar el motivo, acudió en su ayuda el pensamiento habitual de que eso le había ocurrido a Iván Ilich y no a él. Aquello no podía ni debía ocurrirle; pensando en ello, se le hundiría el estado de ánimo, cosa que no estaba bien, según podía uno darse cuenta al contemplar el rostro de Schwartz. Después de haber reflexionado de esta manera, Piotr Ivanovich se tranquilizó y empezó a hacer preguntas, con gran interés, acerca de la muerte de Iván Ilich, como si la muerte fuese una aventura propia de este, pero no de él.

Después de comentar, con todo detalle, los distintos aspectos de los sufrimientos físicos, realmente atroces, de Iván Ilich (Piotr Ivanovich se enteró de aquellos detalles solo por la manera en que los sufrimientos del difunto habían obrado sobre los nervios de Praskovia Fiodorovna), la viuda creyó oportuno pasar al asunto.

—¡Oh, Piotr Ivanovich! ¡Cuánto sufro, cuánto sufro! —exclamó, y de nuevo se deshizo en lágrimas.

Piotr Ivanovich lanzó un suspiro y esperó a que la viuda se sonara la nariz. Cuando Praskovia Fiodorovna lo hizo, dijo:

—Crea usted...

Entonces, Praskovia Fiodorovna reanudó la conversación y explicó, por fin, su asunto. Se trataba de averiguar cómo debía arreglárselas para obtener una cantidad de dinero de la Tesorería del Gobierno, con motivo del fallecimiento de su marido. Hizo como que pedía a Piotr Ivanovich consejos relativos a su pensión de viuda, pero este comprendió que estaba enterada hasta en los más pequeños detalles de cosas que incluso él ignoraba. Praskovia Fiodorovna sabía perfectamente la cantidad de dinero que podría sacar al Estado, pero lo que deseaba averiguar era si había algún medio de conseguir más. Piotr Ivanovich trató de inventarse un medio para hacerlo, pero, después de meditar un rato y de censurar, por conveniencia, la avaricia del Gobierno ruso, dijo que probablemente no podría obtener lo que deseaba. Entonces, la viuda suspiró y, sin duda, empezó a idear la manera de librarse de su visitante. Piotr Ivanovich lo comprendió. Apagó el cigarrillo, se puso en pie, y, tras estrechar la mano a la dueña de la casa, se retiró a la antesala.

En el comedor estaba el reloj que Iván Ilich había comprado en una almoneda y del que estaba muy satisfecho. Allí se encontró Piotr Ivanovich al sacerdote y a algunos conocidos que venían para asistir al funeral, así como a la hija del difunto, una muchacha muy bella a la que conocía. Iba vestida de negro. Su cintura, muy estrecha, daba la impresión de estar más delgada que antes. Tenía un aire sombrío, decidido y casi irritado. Saludó a Piotr Ivanovich como si este fuese culpable de algo. Tras de ella se hallaba, con el mismo aire sombrío, un joven muy rico, a quien Piotr Ivanovich conocía también. Era juez de instrucción y prometido de la muchacha, según se decía. Piotr Ivanovich los saludó con expresión triste, y se disponía a entrar en la cámara mortuoria, cuando vio, al pie de la escalera, a un colegial: era el hijo de Iván Ilich y se parecía a él de un modo sorprendente. Era idéntico a Iván Ilich de jovencito, tal y como Piotr Ivanovich lo había conocido, en la Escuela de Jurisprudencia. Sus ojos llorosos tenían la expresión de los muchachos de trece o catorce años, que ya no son inocentes. Al ver a Piotr Ivanovich, hizo una mueca severa y tímida. Haciéndole un movimiento de cabeza, Piotr Ivanovich entró en el cuarto del difunto. Empezó el funeral, con sus cirios, su incienso, las lamentaciones, las lágrimas y los sollozos. Piotr Ivanovich, con el entrecejo fruncido, se miraba los pies. No levantó ni una sola vez la vista hacia el cadáver; no se dejó llevar por las influencias depresivas hasta el final de la ceremonia, y fue uno de los primeros en salir de la estancia. No había nadie en la antesala. Guerasim, el mozo de comedor, salió presurosamente de la cámara mortuoria; revolvió con sus fuertes manos todas las pellizas, para encontrar la de Piotr Ivanovich, y se la ofreció.

—¿Qué hay, Guerasim? ¿Estás apenado? —exclamó Piotr Ivanovich, por decir algo.

—Ha sido la voluntad de Dios. Todos iremos a parar allí —replicó el criado, dejando al descubierto sus blancos y apretados dientes de campesino. Y como un hombre muy ocupado, abrió la puerta, llamó al cochero y, tras ayudar a Piotr Ivanovich a instalarse en el coche, volvió apresuradamente, con la expresión de quien trata de recordar lo que le queda por hacer aún.

Piotr Ivanovich sintió un placer especial al respirar aire puro, después de haber estado en una casa donde olía a incienso, a cadáver y a ácido fénico.

—¿Adónde vamos? —preguntó el cochero.

—Aún es temprano. Me pasaré por casa de Fiodor Vasilievich.

Y Piotr Ivanovich se dirigió allí. Encontró a sus amigos al final de la primera partida, de manera que pudo tomar parte en el juego.

CAPÍTULO II

L *a historia de Iván Ilich era de las más sencillas y corrientes, y de las más terribles.*

Murió a los cuarenta y cinco años, siendo miembro del Palacio de Justicia. Era hijo de un funcionario que había hecho, en diferentes departamentos ministeriales de San Petersburgo, una de aquellas carreras que demuestran claramente que el individuo es incapaz de desempeñar cualquier función importante, pero que, gracias a la larga duración de sus servicios y a su escalafón, no puede ser despedido. Por ese motivo, recibe un puesto ficticio, expresamente inventado, con un sueldo de seis a diez mil rublos, nada ficticios, con el que vive hasta la más avanzada vejez.

Tal había sido el consejero secreto Ilia Efimovich Golovin, miembro inútil de varias inútiles instituciones.

Había tenido tres hijos y una hija. Iván Ilich era el segundo. El mayor seguía la misma carrera que el padre, aunque en un Ministerio distinto, y se acercaba ya a la época de servicio en que se percibe un sueldo por la fuerza de la inercia. El tercer hijo era un fracasado. Había quedado mal en cuantos puestos ocupara, y en aquella época estaba empleado en la administración de ferrocarriles. Tanto su padre como sus hermanos y, sobre todo, las mujeres de estos, no solo evitaban encontrárselo, sino que solo se acordaban de su existencia en casos de necesidad. La hermana estaba casada con el barón Gref, un funcionario de San Petersburgo, igual que su padre político. Iván Ilich era *le phénix de la famille*, según se decía. No era tan frío ni tan ordenado como su hermano mayor, ni tan alocado como el pequeño. Ocupaba el justo medio entre los dos: era inteligente, vivo, simpático y formal. Había estudiado, junto con su hermano menor, en la Escuela de Jurisprudencia. Su hermano no acabó la carrera; lo echaron antes de llegar al quinto curso. En cambio, Iván Ilich terminó bien sus estudios. En la Escuela fue lo que iba a ser durante toda su vida: un hombre dotado de capacidades, alegre, bondadoso y sociable, aunque, al mismo tiempo, fiel cumplidor de lo que consideraba su deber; y por deber admitía cuanto era considerado como tal por los que ocupaban puestos superiores al suyo. Nunca había sido adulador, ni de muchacho ni de adulto, pero, desde sus años juveniles, se sintió atraído, como las moscas por la luz, hacia las personas que ocupaban puestos superiores en la sociedad. Los imitaba en sus maneras y en sus puntos de vista, y sostenía con ellos relaciones cordiales. Las pasiones de la infancia y de la juventud habían pasado sin dejar huellas en él. Se había entregado a la sensibilidad y a la vanidad y, en los rasgos más elevados, a la liberalidad; pero siempre dentro de ciertos límites, que sin duda le indicaba su buen sentido.

En la Escuela de Jurisprudencia había realizado actos que antes le parecieran villanías y le inspiraran repulsión hacia sí mismo; pero, posteriormente, al ver que hombres de elevada posición cometían actos por el estilo y no se consideraban malos, no los juzgó precisamente buenos, pero los echó en olvido, sin amargarse con tales recuerdos.

Al acabar la carrera, recibió de su padre una cantidad de dinero, para equiparse. Encargó sus trajes en la casa Sharmer y, entre los dijes de la cadena del reloj, colgó un medallón con la inscripción siguiente: «Respice finem»; se despidió de sus profesores, dio una comida a sus compañeros, en Donon; y, provisto de una maleta nueva con ropa interior, trajes y objetos de tocador, que había adquirido en las mejores tiendas, partió a una provincia, a ocupar el puesto (que le había proporcionado su padre) de encargado de los asuntos particulares del Gobernador.

En cuanto llegó a aquella provincia, supo crearse una situación fácil y agradable, como la que había tenido en la Escuela de Jurisprudencia. Servía, hacía su carrera y, al mismo tiempo, se divertía de un modo agradable y conveniente. De cuando en cuando, hacía viajes por los distritos, por orden de la superioridad. Se mantenía dignamente, lo mismo ante sus superiores que ante sus subordinados, y cumplía con exactitud y honradez incorruptibles, de las que no podía por menos de sentirse orgulloso, las misiones que se le encomendaban, sobre todo si estaban relacionadas con los sectarios.

A pesar de su juventud y de su tendencia a las distracciones ligeras, se mostraba reservado, oficial y hasta severo en lo que se refería a los asuntos privados del servicio. En sociedad, era siempre jovial, ingenioso, lleno de bondad, correcto y *bon enfant*, como solía decir de él su jefe y la mujer de este, que lo recibían como a un miembro de la familia.

Sostenía íntimas relaciones con una dama de la provincia, que se había impuesto a aquel leguleyo; tenía una amiga modista; se emborrachaba en compañía de los ayudantes militares de paso en la provincia; daba paseos por las calles solitarias de la ciudad; adulaba a su jefe e incluso a la mujer de este; pero había en todo esto un tal aire de corrección, que habría sido imposible calificarlo con malas palabras. Todo estaba de acuerdo con el aforismo francés: *Il faut que jeunesse se passe*[1]. Llevaba a cabo estas cosas con las manos limpias, con camisas impecables y empleando palabras francesas, y lo principal era que tenían lugar en la alta sociedad y, por consiguiente, con la aprobación de personajes influyentes.

Así fue como pasaron los cinco primeros años de servicio de Iván Ilich. Entonces, hubo un cambio. Aparecieron unas instituciones judiciales, y hubo necesidad de buscar hombres nuevos.

Iván Ilich fue uno de ellos.

Se le ofreció una plaza de juez de instrucción, que aceptó, a pesar de que tenía que desplazarse a otra provincia, abandonar las relaciones ya establecidas y crearse otras nuevas. Sus amigos lo acompañaron a la estación, se retrataron en grupo, y, entre todos, le regalaron una petaca de plata. Iván Ilich partió para hacerse cargo de su nuevo empleo.

En su calidad de juez de instrucción, Iván Ilich fue igualmente *comme il faut*, correcto; supo distinguir, lo

---

[1] Hay que vivir la juventud.

mismo que antes, los deberes del servicio de los de su vida privada; e infundía el mismo respeto a cuantos lo rodeaban. El nuevo puesto le ofrecía más interés y atractivos que el anterior. Le era agradable pasar vestido con su uniforme, confeccionado en la casa Sharmer, ante los temblorosos solicitantes que esperaban audiencia y los funcionarios que le envidiaban, para entrar directamente en el despacho del jefe, y sentarse allí a tomar una taza de té y fumar un cigarrillo; pero había pocas personas que dependieran directamente de su voluntad. Tales eran solamente los comisarios de Policía y los agentes, cuando se le mandaba con alguna misión especial. Le gustaba tratar con cortesía, casi con camaradería, a las personas que dependían de él; le agradaba dar a entender que, aunque podía aplastarlos, les dispensaba un trato amistoso y sencillo. Pero estos casos eran pocos. Ahora, en cambio, siendo juez de instrucción, Iván Ilich sentía que todos, absolutamente todos —incluso los hombres más importantes y satisfechos de sí mismos— estaban en sus manos; y que le bastaba escribir ciertas palabras en un papel sellado para que cualquier personaje importante se presentara ante él, en calidad de acusado o de testigo; y, si no le ofrecía un asiento, permaneciera en pie, contestando a sus preguntas. Iván Ilich no abusaba nunca de su poder, al contrario, trataba de dulcificarlo. La conciencia de ese poder y la posibilidad de dulcificarlo constituían, realmente, el principal interés y el atractivo de su nuevo cargo. En sus funciones mismas, precisamente en la instrucción de causas, no tardó en adoptar el sistema de apartar las circunstancias que no tuviesen que ver con su servicio. Incoaba la causa más complicada de tal forma que solo se reflejaba en el papel de un modo externo, quedando exenta de sus opiniones personales, y observaba las formalidades exigidas. Iván Ilich fue uno de los primeros que aplicó de manera práctica los estatutos del año 1864.

Al llegar a la nueva ciudad para ocupar el puesto de juez de instrucción, Iván Ilich se creó nuevas amistades y nuevas relaciones, y su actitud fue distinta de la de antes. Se mantenía a una respetuosa distancia de las autoridades provinciales, escogiendo sus relaciones entre la mejor sociedad de los magistrados y de los nobles ricos de la población. Adoptó un tono de ligero descontento respecto del Gobierno, de liberalismo moderado y de civismo burgués. Además de todo esto, sin cambiar nada de su elegante indumento, dejó de afeitarse, permitiendo que la barba creciera a su antojo.

Su nueva vida se organizó de un modo muy grato. La sociedad, que murmuraba contra el gobernador, era agradable y amistosa; el sueldo era más elevado que antes y el *whist* añadió un nuevo atractivo a su existencia. Iván Ilich tenía el don de jugar alegremente y de reflexionar con rapidez y habilidad, motivo por el cual casi siempre ganaba.

Después de dos años de servicio en aquella nueva ciudad, se encontró con su futura mujer. Praskovia Fiodorovna Mijel era la muchacha más atractiva, más inteligente y brillante de la sociedad frecuentada por Iván Ilich. Entre otras distracciones y diversiones, se había creado unas relaciones joviales y ligeras con Praskovia Fiodorovna.

Iván Ilich solía bailar durante la época en que había desempeñado su cargo anterior, pero siendo juez de instrucción lo hacía solo en casos excepcionales. Sin embargo, si se presentaba la ocasión, podía demostrar que también en ese aspecto destacaba. De tarde en tarde, al final de las veladas, bailaba con Praskovia Fiodorovna, y fue precisamente entonces cuando la conquistó. La muchacha se enamoró de él. Iván Ilich no tenía la intención determinada de casarse, pero, cuando Praskovia Fiodorovna se enamoró de él, se hizo la siguiente pregunta: «En realidad, ¿por qué no había de casarme?».

Praskovia Fiodorovna pertenecía a una noble familia y disponía de una pequeña dote. Iván Ilich habría podido aspirar a un partido más brillante, pero este tampoco estaba mal. Él tenía su sueldo y pensaba que la muchacha llevaría un equivalente. Descendía de una buena familia, era agradable, graciosa y una mujer como es debido. Tan injusto sería decir que Iván Ilich quería casarse porque estaba enamorado de su prometida y veía en ella una compañera que compartiría sus ideas acerca de la vida, como afirmar que se casaba porque las personas de su círculo aprobaban aquella elección. Iván Ilich se casaba por dos consideraciones: le era agradable tomar semejante esposa, y, al mismo tiempo, cumplía con algo que las personas de alta posición consideraban razonable.

Iván Ilich se casó. El proceso mismo del matrimonio y la primera época de la vida conyugal, con las caricias, los nuevos muebles, la vajilla y la ropa, hasta el embarazo de su mujer, transcurrieron placenteramente. Así, pues, empezaba a creer que el carácter de su vida, agradable, fácil, alegre, siempre correcto y aprobado por la sociedad, al que consideraba propio de la vida en general, no solo no sería turbado por el matrimonio, sino que incluso este lo aumentaría. Pero durante el primer mes del embarazo de su mujer ocurrió algo nuevo, imprevisto, desagradable, penoso, inconveniente y de lo que no había manera de librarse.

Su mujer, sin razón alguna, según creía Iván Ilich, por *gaieté de coeur*, empezó a turbar el encanto y la decencia de su vida. Sin motivo, se mostraba celosa, y exigía de él los más solícitos cuidados, se irritaba por cualquier cosa y le hacía escenas desagradables e inconvenientes.

Al principio, Iván Ilich esperó librarse pronto de esa situación tan enojosa, por medio de aquel modo fácil y decente de considerar la vida que lo salvara antes. Trató de hacer como que ignoraba el mal humor de su mujer; y continuó su vida alegre y fácil, invitando a sus amigos a jugar a las cartas y procurando ir al club o a casa de sus compañeros. Pero un día su mujer lo riñó con palabras enérgicas y groseras, y este proceder se repetía cada vez que no cumplía sus exigencias. Por lo visto, había decidido continuar de este modo hasta que le obedeciera, es decir, hasta que optara por quedarse en casa y aburrirse lo mismo que ella. Iván Ilich se horrorizó. Comprendió que la vida conyugal —al menos con su mujer— no correspondía a los encantos y a las conveniencias de la vida, sino que, por el contrario, los destruía a menudo. Era preciso, pues, ponerse en guardia. E Iván Ilich empezó a buscar el medio de hacerlo. El servicio era lo único que imponía a Praskovia Fiodorovna; por tanto, Iván Ilich empezó a luchar con ella para obtener su mundo independiente, tomando como arma su ocupación y las obligaciones que se derivaban de ella.

Con el nacimiento de su hijo, los intentos de su crianza y sus fracasos, las enfermedades efectivas y las imaginarias, tanto de la madre como del recién nacido (se exigía a Iván Ilich que se interesara por ellas, aunque no era capaz de entender nada), la necesidad de crearse un mundo fuera de su familia se hizo aún más imperiosa.

A medida que aumentaban la irascibilidad y las exigencias de su mujer, Iván Ilich iba transportando el centro de gravedad de su vida a su trabajo. Sentía un interés mucho más vivo por el servicio, y se volvió más ambicioso que antes.

Muy pronto, al año de casado, comprendió que si bien la vida conyugal ofrece algunas comodidades, es en suma un asunto muy complicado y penoso; y que, para cumplir los deberes que impone, es decir, para llevar una vida decente, aprobada por la sociedad, es preciso establecer determinadas relaciones, lo mismo que en el servicio.

E Iván Ilich trató de establecerlas. Exigía de la vida familiar tan solo las comodidades que esta podía darle, es decir, una buena comida, un ama de casa, una cama y, sobre todo, las conveniencias exteriores, que se determinan por la opinión pública. En lo demás, buscaba placer y alegría; y, si los encontraba, estaba agradecidísimo. Si tropezaba con la resistencia y el mal humor, inmediatamente se iba a su mundo particular, al servicio, en el que se hallaba a gusto.

Iván Ilich era muy apreciado como buen funcionario y, al cabo de tres años, le nombraron sustituto del fiscal. Sus nuevas obligaciones, su importancia y la posibilidad de hacer juzgar y meter en la cárcel a quien se le antojara, los discursos públicos y los triunfos que obtenía, todas estas cosas lo atraían más al servicio.

Tuvieron más hijos. Su mujer se volvía cada vez más gruñona y malhumorada, pero las reglas que se había impuesto Iván Ilich para la vida familiar lo hicieron casi insensible a estas cosas.

Después de siete años de servicio en una ciudad, fue nombrado fiscal y trasladado a otra provincia. Tenían poco dinero y a Praskovia Fiodorovna le desagradó la nueva población. El sueldo de Iván Ilich era más elevado, pero también la vida estaba más cara. Además, se les murieron dos hijos y la vida familiar se volvió aún más desagradable.

Praskovia Fiodorovna reprochaba a su esposo todos los infortunios ocurridos en la nueva residencia. Por lo general, el tema de las conversaciones entre los esposos, sobre todo en lo que se refería a la educación de los hijos, consistía en los recuerdos de disputas anteriores; y a cada instante estallaban otras nuevas. Solo quedaban algunos períodos amorosos que volvían a veces, pero duraban poco. Eran como unas islas que abordaban por un corto espacio de tiempo, y luego se lanzaban de nuevo al mar de una oculta hostilidad, que se expresaba por el distanciamiento mutuo. Ese alejamiento habría podido apenar a Iván Ilich si no considerase que debía ser así, pero en aquella época no solo tomaba aquella situación como una situación normal, sino hasta como el objeto de su actividad en la familia. Ese objeto consistía en liberarse cada vez más de esos disgustos y darles un carácter inofensivo y conveniente. Conseguía esto permaneciendo cada vez menos tiempo en su casa; y, cuando estaba obligado a quedarse, procuraba asegurar su situación por medio de la presencia de personas extrañas. Lo más importante para él era su cargo. Todo el interés de su vida se concentraba en el mundo del servicio. Y ese interés lo absorbía por completo. La conciencia de su poder, de la posibilidad de hacer perecer al hombre que se le antojara; su importancia, incluso la externa, cuando entraba en el Palacio de Justicia y se encontraba con sus subordinados; los triunfos que obtenía ante sus superiores y, sobre todo, la habilidad con que llevaba los asuntos judiciales y que se reconocía él mismo, todo esto lo alegraba; y, unido a las tertulias con sus compañeros, las comidas y el *whist*, llenaba su vida. Así, pues, su existencia discurría según sus reglas, es decir, de un modo grato y conveniente.

Vivió así por espacio de diecisiete años. Su hija mayor había cumplido ya los dieciséis. Se le murió otro hijo y solo le quedó uno; era ya un colegial, que constituía uno de los motivos de discordia entre los esposos. Iván Ilich quería que cursara los estudios en la Escuela de Jurisprudencia, pero Praskovia Fiodorovna, por llevarle la contraria, lo había mandado a un gimnasio. La hija estudiaba en casa y se desarrollaba bien. Tampoco era mal estudiante el muchacho.

CAPÍTULO III

*D*e este modo transcurrieron diecisiete años desde la boda de Iván Ilich. Era ya un antiguo fiscal; había rehusado algunos cargos, esperando uno mejor, cuando, inesperadamente, surgió un acontecimiento desagradable que turbó su existencia tranquila. Iván Ilich esperaba la plaza de presidente de Tribunal en una ciudad universitaria, pero Goppe le había tomado la delantera, y se la arrebató. Iván Ilich se irritó, le hizo recriminaciones y se enfadó con los jefes. Todos se volvieron fríos hacia él y se le omitió de nuevo en los siguientes nombramientos.

Esto ocurrió en 1880. Fue el año más penoso de toda la vida de Iván Ilich. Por una parte, el sueldo no le alcanzaba para subsistir; y, por otra, notó que todos lo habían olvidado. Consideró esto como la mayor injusticia del mundo. En cambio, a los demás les parecía naturalísimo.

Ni siquiera su propio padre se creía en el deber de ayudarle. Notó que todos lo habían abandonado, considerando que su situación, con tres mil quinientos rublos, era normal y hasta ventajosa. Solo él sabía que, con la conciencia de las injusticias que habían cometido con él, las continuas recriminaciones de su mujer y las deudas que había contraído (al gastar más de lo que le permitían sus medios), su situación estaba lejos de ser normal.

En el verano de 1880 tomó un permiso; y, con objeto de disminuir los gastos, partió con su mujer a la aldea del hermano de esta.

En el campo, sin ocupación, sintió por primera vez, no solo un gran aburrimiento, sino una tristeza insoportable; y resolvió que no podía vivir de este modo y que era imprescindible tomar medidas decisivas.

Después de una noche de insomnio, durante la cual se paseó por la terraza, decidió que iría a San Petersburgo para arreglar sus asuntos, castigar «a los que no sabían apreciarlo», y pedir el traslado a otro ministerio.

Al día siguiente, a pesar de que su mujer y su cuñado trataron de disuadirlo por todos los medios, se marchó a San Petersburgo.

Partió con un objetivo: conseguir un puesto con cinco mil rublos de sueldo. Ya no tenía preferencias por un ministerio determinado, por ninguna tendencia ni por ningún género de actividad. Tan solo necesitaba una plaza con cinco mil rublos de sueldo, ya fuera en la administración, en algún banco, en los ferrocarriles, en una institución de la emperatriz María o incluso en la aduana. Lo cierto era que necesitaba, de toda precisión, un sueldo de cinco mil rublos y salir de un ministerio en el que no lo sabían apreciar.

El viaje de Iván Ilich fue coronado por un éxito extraordinario e inesperado. En Kursk entró en el vagón de primera clase F. S. Ilin, un conocido suyo, y le contó que, recientemente, el gobernador de aquella ciudad había recibido un telegrama en el que anunciaban que uno de aquellos días tendría lugar un cambio en el ministerio; Iván Semionovich ocuparía la plaza de Piotr Ivanovich.

Aparte de la importancia que tenía para Rusia aquel presunto cambio, era particularmente significativo para Iván Ilich el hecho de que hicieran resaltar la personalidad de Piotr Petrovich, y, probablemente, la de su amigo Zajar Ivanovich, lo que presentaba grandes ventajas para él.

La noticia se confirmó en Moscú. Y, al llegar a San Petersburgo, Iván Ilich se encontró con Zajar Ivanovich y obtuvo de él la promesa de una plaza segura en el mismo ministerio en que estaba.

Una semana después, telegrafiaba a su mujer:

«Zajar, plaza Miller. Recibiré nombramiento en el primer informe.»

Gracias a aquel cambio de personajes, Iván Ilich ocupó una plaza tal, en su antiguo ministerio, que subió dos puestos en el escalafón y tuvo cinco mil rublos de sueldo y tres mil quinientos de dietas. Iván Ilich olvidó la indignación que sintiera contra sus enemigos y contra todo el ministerio; y se sintió feliz.

Volvió a la aldea, tan alegre y contento como no lo estuviera desde hacía mucho tiempo. Praskovia Fiodorovna se alegró también, y hubo entre ellos una reconciliación. Iván Ilich le contó cómo se le había honrado en San Petersburgo, lo avergonzados que se habían sentido sus enemigos, cómo lo habían adulado, lo que envidiaban su posición y, sobre todo, lo que lo apreciaban todos en San Petersburgo.

Praskovia Fiodorovna escuchó a su marido aparentando creerle, y no le contradijo en nada; se limitó a hacer proyectos para su nueva vida en la ciudad a la que se iban a trasladar. Iván Ilich vio con alegría que esos planes eran idénticos a los suyos, que estaba de acuerdo con su mujer y que su vida interrumpida volvía a adquirir el carácter alegre y correcto que le era propio.

Estuvo poco tiempo en la aldea. Tenía que tomar posesión de su nuevo cargo el 10 de septiembre; y, aparte de esto, necesitaba tiempo para instalarse en su nuevo domicilio, trasladar las cosas que tenía en la provincia, hacer algunas compras y dar muchas órdenes. En una palabra, tenía que instalarse tal y como lo había dispuesto su mente y casi igual que lo había planeado Praskovia Fiodorovna en su fuero interno.

En aquella época en que todo se iba arreglando con buen éxito, en que Iván Ilich estaba de acuerdo con su mujer en todos los planes y en que casi siempre vivían separados, intimaron más que en los primeros años de su vida conyugal. Iván Ilich tuvo la intención de llevarse a su familia inmediatamente, pero su cuñado y la mujer de este, que repentinamente se habían vuelto amables y afectuosos con los Golovin, insistieron en que la dejara allí, de manera que partió solo.

Se puso en camino. La buena disposición de ánimo, provocada por el éxito obtenido y por estar de acuerdo con su mujer, no lo abandonaba. Encontró un piso encantador, precisamente tal y como lo habían soñado marido y mujer. Tenía espaciosos salones de estilo antiguo, de altos techos; un despacho amplio y cómodo; habitaciones para su mujer y para su hija; un cuarto de estudio para el muchacho... En una palabra, todo parecía hecho expresamente para ellos. Iván Ilich en persona se ocupó del arreglo de la casa; elegía los papeles para empapelar las habitaciones y las tapicerías; compraba muebles, que buscaba particularmente entre los antiguos, porque creía que tenían un estilo *comme il faut*; y todo se llevaba a cabo, paulatinamente, y se acercaba al ideal que se había formado. Cuando la mitad de las cosas estuvieron dispuestas, la instalación excedió sus expectativas. Comprendió el carácter *comme il faut*, elegante, nada trivial, que adquiriría el piso cuando estuviera terminado. Al dormirse, se representaba la sala, tal y como iba a quedar. Y contemplando el salón, no concluido aún, veía ya la chimenea, el biombo, la vitrina, las sillas dispuestas en su sitio, los platos en las paredes y los bronces. Le alegraba la idea de la sorpresa que se llevarían Pasha[2] y Lisanka, que también eran aficionadas a estas cosas. No era posible que esperasen a ver aquello. Había tenido la gran suerte de encontrar y comprar, bastante baratos, objetos antiguos que imprimían a la casa un carácter particularmente distinguido. En sus cartas presentaba adrede las cosas mucho peor de lo que eran en realidad, para sorprender a su familia cuando llegara. Todo esto lo entretenía tanto que, a veces, cam-

---

[2]   Diminutivo de Praskovia.

biaba los muebles de lugar y colgaba las cortinas con sus propias manos. Una vez, al subir a una escalera para indicar al tapicero cómo quería que colgara una cortina, perdió pie; pero como era un hombre ágil y fuerte, no llegó a caerse; tan solo se dio un golpe en un costado contra el pomo de la ventana. La contusión le dolió cierto tiempo, pero los dolores cesaron, al fin. Por aquella época, Iván Ilich se sentía particularmente alegre y en perfecto estado de salud. Escribía a su casa: «Noto que me he rejuvenecido en quince años». Pensaba terminar la instalación en el mes de septiembre; pero esta se prolongó hasta mediados de octubre. En cambio, todo resultaba encantador y no era solo él quien opinaba así. Todo el mundo le decía lo mismo.

En realidad, allí había lo que suele haber en las casas de las personas no demasiado acomodadas, pero que quieren parecerlo y que, por ese motivo, se asemejan unos a otros: tapicerías, muebles de ébano, flores, tapices y bronces oscuros y brillantes, todo cuanto cierta clase de personas acumulan y con lo cual se parecen unas a otras. La casa de Iván Ilich era tan parecida a otras, que nada llamaba la atención; sin embargo, veía en ella un encanto especial. Cuando recogió a su familia en la estación y la llevó al piso bien alumbrado, donde un lacayo con corbata blanca abrió la puerta que conducía a la antesala, adornada de flores, y entraron después en la habitación y en el despacho, lanzando gritos de entusiasmo, Iván Ilich se sintió muy feliz; y, mientras les mostraba todas las cosas, disfrutaba de los elogios que hacían, experimentando una alegría inmensa. Aquella misma noche Praskovia Fiodorovna le preguntó, entre otras cosas, cómo se había caído; e Iván Ilich se echó a reír y representó la escena de su caída y el susto del tapicero.

—No en balde hago gimnasia. Otro se habría matado; en cambio, yo apenas si me he dado un golpe. Cuando me toco aquí me duele, pero ya se está pasando, y solo queda un cardenal.

Empezaron su nueva vida; pero como ocurre siempre, cuando se acostumbraron al nuevo domicilio, notaron que les faltaba una habitación; y aunque vivían bien con el nuevo sueldo les faltaba un poquito, es decir, unos quinientos rublos. Vivieron a gusto, sobre todo durante la primera temporada, cuando aún no habían terminado la instalación y ora tenían que comprar o encargar algo, ora cambiar de sitio un mueble o arreglar alguna cosa. Aunque había algunos desacuerdos entre los esposos, los dos estaban contentos y, por otra parte, tenían tantas cosas que hacer, que no podían surgir grandes disputas. Cuando terminaron por completo el arreglo del piso, se sintieron ligeramente aburridos, como si les faltase algo; mas, como ya habían trabado nuevos conocimientos y adquirido algunas costumbres, estos llenaron su vida.

Iván Ilich pasaba las mañanas en el Palacio de Justicia y volvía a casa para comer. Durante la primera época, solía estar de buen humor, aunque su nueva instalación le hacía sufrir un poco. Cualquier manchita en un mantel o en una tapicería, o algún fleco roto, lo irritaban. Había puesto tanto trabajo en el arreglo de la casa que le dolía el más pequeño desperfecto. Pero, por lo general, su existencia discurría con arreglo a sus creencias: era fácil, agradable y correcta. Se levantaba a las nueve, tomaba café, leía la prensa, se ponía el uniforme y se iba al Palacio de Justicia. Allí le esperaba la noria en torno a la cual daba vueltas, e inmediatamente ponía manos a la obra. Solicitantes, informes de cancillería, audiencias y reuniones públicas y privadas. De esto era preciso saber excluir todo lo que turba la regularidad de los asuntos del servicio: no se debían admitir ningunas relaciones, excepto las oficiales; y el motivo de estas relaciones también debía ser oficial. Si llegaba un hombre cualquiera para enterarse de alguna cosa, Iván Ilich no podía tener ninguna relación con él; pero si veía en su solicitud algo oficial, algo que puede escribirse en papel sellado, hacía en los límites debidos cuanto le era posible y le dispensaba, además, un trato amistoso y lleno de cortesía. Y en cuanto terminaba la relación oficial, también ponía fin a toda otra. Iván Ilich poseía en el más alto grado el don de separar lo oficial de la vida real, sin confundir nunca ambas cosas. Con la práctica y el talento, lo había perfeccionado hasta el punto de que, a veces, se permitía, como un virtuoso, mezclar en broma lo oficial con lo humano. Hacía esto porque tenía la conciencia de una fuerza interior que, en un momento dado, separaría lo oficial y rechazaría lo humano. Los asuntos de Iván Ilich marchaban, pues, de un modo fácil, agradable, correcto e incluso virtuoso. En los intervalos, fumaba, tomaba té, charlaba un poco de política, un poco de asuntos generales, un poco de los naipes y, más que nada, de nombramientos. Regresaba a su casa cansado, pero con la sensación del virtuoso que ha ejercido perfectamente su parte como primer violín en una orquesta. Mientras tanto, su mujer y su hija salían o recibían alguna visita; su hijo estaba en el gimnasio, preparaba sus deberes con un profesor y estudiaba bien lo que le enseñaban. Todo iba perfectamente. Después de comer, si no había visitas, Iván Ilich leía a veces algún libro del que se hablaba mucho, y por las noches se ocupaba de sus asuntos, es decir, repasaba documentos, estudiaba las leyes y confrontaba las declaraciones con los artículos de la ley. Este trabajo no le resultaba alegre ni aburrido. Solo le aburría cuando se podía jugar al *whist*; pero si no tenía ocasión de hacerlo, prefería trabajar así a estar en casa solo o acompañado de su mujer. Los placeres de Iván Ilich se cifraban en las comidas que ofrecía a personas importantes, señoras y caballeros; y esa manera de pasar el tiempo en compañía de ellos se asemejaba al pasatiempo de hombres como él, lo mismo que su salón se parecía a todos los salones.

Una vez, hasta organizaron un baile.

Iván Ilich se sentía contento y todo iba perfectamente, cuando, de repente, surgió una terrible discusión a causa de las tartas y los bombones. Praskovia Fiodorovna tenía su proyecto respecto de estas cosas, pero Iván Ilich insistió en que se encargaran en una de las mejores pastelerías. Había pedido tal cantidad de tartas que sobraron, y la cuenta ascendió a cuarenta y cinco rublos. La discusión había sido muy desagradable. Praskovia Fiodorovna lo había tachado de necio y de amargado. Iván Ilich se había llevado las manos a la cabeza; y, en su acaloramiento, habló del divorcio. Sin embargo, la velada resultó muy alegre. Asistió la mejor sociedad e Iván Ilich bailó con la princesa Trufonovs, hermana de la célebre princesa que había creado la sociedad llamada: «Llévate mis penas». Las alegrías oficiales eran las del amor propio; las sociales eran las de la vanidad; pero las verdaderas alegrías de Iván Ilich eran las que le proporcionaba el juego de *whist*. Confesaba que, después de cualquier contrariedad en su vida, su mayor alegría, que era como una vela encendida ante todas las demás alegrías, era sentarse a la mesa con buenos jugadores tranquilos, y organizar una partida entre cuatro (entre cinco le resultaba penoso, aunque fingiera que le agradaba mucho), jugar de una manera inteligente con cartas favorables y, después, cenar y beber un vaso de vino. Iván Ilich se acostaba en una disposición de ánimo particularmente buena después de haber obtenido una pequeña ganancia al *whist* (las grandes le resultaban desagradables).

Así vivían los Golovin. Recibían en su casa a la mejor sociedad, tanto personas importantes como hombres jóvenes.

El punto de vista respecto de las amistades del matrimonio, así como el de la hija, eran exactamente iguales. Sin ponerse de acuerdo, sabían rechazar a los parientes y amigos inoportunos que llegaban a su salón, de paredes adornadas con platos japoneses, deshaciéndose en amabilidades y caricias. En breve, esas personas suspendieron sus visitas, y en casa de los Golovin quedó la mejor sociedad. Los jóvenes hacían la corte a Lisanka; y

Petrischev, único heredero de su fortuna y juez de instrucción, galanteaba a la muchacha de tal modo que Iván Ilich discutió con Praskovia Fiodorovna la conveniencia de organizar algún paseo en troika o algún espectáculo para los dos jóvenes. Así transcurría la vida, siempre inmutable; y todo marchaba bien.

CAPÍTULO IV

*T*odos gozaban de buena salud, porque no se podía considerar como enfermedad el que Iván Ilich tuviera a veces mal sabor de boca y una desagradable sensación en el lado izquierdo del vientre.

Pero esa sensación desagradable fue en aumento; y se sustituyó, no precisamente por un dolor, sino por un peso constante, que provocaba el malhumor de Iván Ilich. Ese malhumor, que iba acrecentándose, estropeaba la vida fácil y digna que se había establecido en la familia. Marido y mujer empezaron a discutir cada vez con más frecuencia, pronto se destruyó el encanto de su vida fácil y agradable, y a duras penas pudieron mantener las apariencias. Las escenas violentas se volvieron más frecuentes. Y, lo mismo que antes, solo quedaban algunas islas en las que podían vivir sin que se produjeran explosiones.

Praskovia Fiodorovna decía, no sin razón, que su marido tenía un carácter difícil. Con la costumbre de exagerar que le era propia, afirmaba que siempre había sido así, que era preciso tener su bondad para haber podido soportarlo por espacio de veinte años. Bien es verdad que ahora era Iván Ilich quien provocaba las discusiones. Empezaba a rezongar siempre en el momento de sentarse a la mesa y, con frecuencia, precisamente cuando iban a tomar la sopa. Tan pronto notaba que alguna pieza de la vajilla estaba desportillada, tan pronto le disgustaba algún plato, tan pronto que su hijo pusiera los codos en la mesa, como el peinado de Lisanka. Y culpaba de todo ello a Praskovia Fiodorovna. Al principio, esta solía replicar una serie de cosas desagradables; pero, en dos ocasiones, Iván Ilich había llegado a una exasperación tal, que comprendió que se trataba de un estado enfermizo, provocado al ingerir alimento; y se resignó. Ya no le contradecía, limitándose a apresurar la comida. Consideraba que su resignación tenía mucho mérito. Habiendo decidido que su marido tenía muy mal carácter y que la había hecho desgraciada, empezó a compadecerse de sí misma. Y cuanto más se compadecía, más odiaba a su marido. Le habría deseado la muerte; pero no podía deseársela porque con él perdería también el sueldo. Eso la irritaba más contra Iván Ilich. Se consideraba desgraciadísima, porque ni siquiera la muerte podía salvarla. Trataba de ocultar su irritación; y eso era, precisamente, lo que aumentaba la de su marido.

Después de una escena en la que Iván Ilich fue particularmente injusto y a raíz de la cual confesó que, en efecto, era muy irascible, pero que eso se debía a una enfermedad, Praskovia Fiodorovna le dijo que debía ponerse en tratamiento, y le aconsejó que consultara a un médico célebre.

Iván Ilich fue, pues, a casa del doctor. Todo ocurrió como esperaba, es decir, como acontece siempre: la espera, el aire de importancia afectada del médico, que Iván Ilich conocía tan bien, la auscultación y las preguntas que exigían de antemano unas respuestas determinadas y evidentemente inútiles, así como la expresión significativa que parecía decir que no tenía uno más que someterse para que todo quedara resuelto, que él tenía el medio de arreglar las cosas, siempre del mismo modo, para cualquier persona que se presentase. Todo era exactamente igual que en el Palacio de Justicia. Lo mismo que él adoptaba cierta actitud ante los acusados, el doctor la adoptaba ante él.

El médico dijo a Iván Ilich que tal y cual cosa indicaban que padecía de tal otra, pero que si los análisis no lo confirmaban, sería menester suponer que padecía otra enfermedad. Y si se hacía esta hipótesis, entonces... A Iván Ilich solo le interesaba la siguiente cuestión: ¿Su enfermedad era grave o no? Pero el médico lo ignoraba. La pregunta de Iván Ilich era muy inoportuna. El médico opinaba que era inútil y que no se debía dilucidar. Era preciso averiguar, en cambio, si se trataba de un riñón flotante, de un catarro intestinal crónico o de una enfermedad del intestino ciego. No se trataba de la vida de Iván Ilich, sino tan solo de saber cuál era su padecimiento. Resolvió la cuestión ante Iván Ilich de un modo brillante en favor del intestino ciego, diciendo que un análisis de orina podía dar nuevos indicios y que entonces volverían a practicar un reconocimiento. Todo aquello era exactamente igual que lo que había hecho con gran brillantez miles de veces el propio Iván Ilich ante los acusados. El médico procedió a hacer un resumen con igual brillantez; después de lo cual miró a su paciente por encima de los lentes, con expresión triunfante, casi alegre. Iván Ilich dedujo de aquel resumen que estaba bastante grave y que todo aquello le tenía sin cuidado al médico y probablemente también a todos los demás. Ese hecho impresionó dolorosamente a Iván Ilich, provocando en él un profundo sentimiento de compasión hacia sí mismo y de un gran rencor hacia aquel médico, indiferente ante un problema tan grave. Sin embargo, no hizo ningún comentario; se levantó y, poniendo el dinero en la mesa, suspiró diciendo:

—Probablemente, nosotros, los enfermos, les hacemos a ustedes preguntas inoportunas. Pero, dígame, ¿es grave mi enfermedad?

El médico le echó una mirada severa, con un solo ojo, a través de los lentes, como diciendo: «Acusado, si no se limita usted a contestar a las preguntas que se le hacen, me veré obligado a ordenar que le expulsen de la sala».

—Ya le he dicho lo que considero necesario y conveniente —replicó en voz alta—. El análisis dirá lo demás.

Y el doctor saludó.

Iván Ilich salió, despacio, se instaló tristemente en el trineo y se fue a su casa. Durante todo el trayecto no cesó de sopesar lo que le había dicho el doctor, procurando traducir a un lenguaje corriente sus enrevesadas y confusas palabras científicas y responder con ellas a la pregunta de si estaba mal, muy mal o si aún tenía salvación. Por todo lo que había dicho el doctor, le parecía que se encontraba muy mal. En las calles todo le pareció triste: los cocheros, las transeúntes, las tiendas. Aquel dolor sordo y lento, que no cesaba ni un minuto, adquiría un significado nuevo, más serio, al relacionarlo con las palabras oscuras del doctor. Iván Ilich prestaba atención a su dolor, con un sentimiento nuevo y penoso.

Al regresar a su casa, empezó a contar a su mujer lo que le había dicho el médico. Pero cuando iba por la mitad de su relato, entró su hija, con el sombrero puesto: se disponía a salir con Praskovia Fiodorovna. Hizo un esfuerzo para sentarse a escuchar las palabras aburridas de Iván Ilich, pero no pudo resistirlas hasta el final, ni la madre tampoco.

—Bueno, me alegro mucho; ahora debes tener cuidado de tomar las medicinas con toda regularidad. Dame la receta, voy a mandar a Guerasim a la farmacia —dijo; y fue a vestirse.

Iván Ilich había estado sin aliento mientras su mujer estaba en la habitación, y suspiró profundamente al verla salir.

«¿Quién sabe? Tal vez todavía no sea nada...»

Empezó a tomar los medicamentos, cumpliendo la prescripción del médico, que cambió después del análisis de orina. Sin embargo, de ese análisis y de lo que se derivó de él hubo una confusión. No había manera de llegar hasta el doctor, y el resultado fue que no se hacía lo que había mandado. Tal vez había olvidado algo, había mentido o trataba de ocultarle alguna cosa.

No obstante, Iván Ilich seguía cumpliendo las prescripciones del médico; y, durante el primer tiempo, encontró así cierto consuelo.

Desde su visita al doctor, su ocupación principal consistía en cumplir con toda exactitud las órdenes que le había dado, relativas a la higiene, a las medicinas, a la observación de su dolor y de todas las funciones de su organismo. Las enfermedades y la salud de los seres humanos constituían uno de los mayores intereses de Iván Ilich. Cuando se hablaba delante de él de muertos, enfermos o de personas que se habían curado, sobre todo de una enfermedad que se pareciera a la suya, tratando de ocultar su emoción, escuchaba con todo interés, y hacía preguntas y comparaciones con su propio mal.

El dolor no disminuía, pero Iván Ilich hacía esfuerzos para pensar que se encontraba mejor. Y lograba engañarse, mientras nada le emocionase. Pero en cuanto surgía una disputa con su mujer, una contrariedad en su trabajo o perdía en el juego, inmediatamente sentía todo el peso de su enfermedad. En otro tiempo, soportaba todos los fracasos, esperando que no tardaría en vencer la mala suerte, que llegaría el buen éxito. Ahora, cualquier contrariedad lo abatía y lo llevaba a la desesperación. Solía decirse: «¡Vaya! En cuanto empezaba a sentirme mejor, en cuanto empezaba a hacerme efecto la medicina, me ha sobrevenido esa maldita desgracia...». Y se enfurecía contra la desgracia o contra las personas que le daban disgustos y lo mataban. Se daba cuenta de que esa misma ira lo llevaba a la tumba, pero no era capaz de dominarse. Al parecer, debía de ser evidente que su irritación contra las circunstancias agravaba su enfermedad y que, por tanto, no debía hacer caso de ningún hecho desagradable. Sin embargo, sus razonamientos eran contrarios: decía que la paz le era imprescindible y, al mismo tiempo, prestaba atención a todo lo que la destruía y, cada vez que esto pasaba, se dejaba llevar por la ira. La lectura de los libros de medicina y las consultas que hacía a los médicos agravaban su situación. Empeoraba tan paulatinamente que podía engañarse al comparar un día con otro; no había casi diferencia. Pero, cuando consultaba a los doctores, le parecía que había empeorado e incluso que esto ocurría muy rápidamente. Sin embargo, no cesaba de acudir a ellos.

Aquel mismo mes consultó a otro médico eminente. Este le dijo casi lo mismo que el primero, aunque planteó la cuestión de otra manera. Su dictamen no hizo más que aumentar las dudas y el temor de Iván Ilich. Un amigo de un compañero suyo —un buen doctor— diagnosticó su enfermedad de un modo totalmente distinto. A pesar de que opinaba que se curaría, no hizo más que conducirlo a una confusión y a una duda mayores que antes, por medio de sus preguntas y de sus hipótesis. El dictamen del médico homeópata fue diferente; dio a Iván Ilich una medicina, que este tomaba a escondidas desde hacía una semana. Pero, al no sentir ningún alivio, Iván Ilich perdió la confianza, tanto en las medicinas anteriores como en la nueva; y fue presa de un gran decaimiento. Un día, una señora conocida refirió una cura mediante unos iconos. Iván Ilich se dio cuenta, de pronto, que escuchaba con atención y trataba de comprobar la verosimilitud de aquel hecho. Aquello lo asustó. «¿Es posible que mis facultades mentales se hayan debilitado tanto? —se dijo—. Esto es absurdo. Son tonterías. No debe uno dejarse llevar por las dudas; es preciso elegir un médico y seguir sus prescripciones. Y es lo que voy a hacer. ¡Se acabó! No voy a pensar más, y observaré, con toda exactitud, el tratamiento hasta el verano. Ya veremos, después. Tengo que poner fin a esas vacilaciones...» Era fácil decir esto, pero imposible cumplirlo. El dolor del costado lo atormentaba sin cesar, aumentaba a cada momento y llegó a ser constante; iba perdiendo el apetito y las fuerzas; el mal sabor de boca se hacía más extraño e Iván Ilich tenía la impresión de que le olía mal el aliento. No era posible engañarse. Algo horrible, nuevo y tan importante como jamás le había sucedido, se estaba desarrollando dentro de su ser. Y él era el único que lo sabía; los que lo rodeaban no lo comprendían o no querían comprenderlo, y pensaban que todo seguía igual que siempre. Eso era lo que más hacía sufrir a Iván Ilich. Su familia, principalmente su mujer y su hija, que se entregaban de lleno a la vida de sociedad, no entendían nada; y se irritaban porque Iván Ilich estaba de mal humor y se mostraba exigente, como si fuese culpable de ello. Aunque trataban de ocultarlo, Iván Ilich se daba cuenta de que constituía un obstáculo para ellas; su mujer había adoptado cierta actitud respecto de su enfermedad; y la observaba, independientemente de lo que él dijera e hiciera.

—¿Saben ustedes que Iván Ilich no puede someterse rigurosamente a un tratamiento, como lo haría cualquiera? —decía a sus conocidos—. Hoy toma las gotas, come lo que le han ordenado y se acuesta a su debida hora; pero mañana, si no estoy al tanto, se le olvidará tomar la medicina, comerá esturión, cosa que le está prohibida, y permanecerá jugando al *whist* hasta la una de la madrugada.

—¿Cuándo hago eso? —replicaba Iván Ilich, irritado—. Solo lo hice una vez, en casa de Piotr Ivanovich.

—Y también ayer, con Shebek.

—Es igual, de todas maneras no habría podido dormir a causa del dolor...

—Sea por lo que sea, pero el caso es que así no te vas a curar nunca y a nosotros nos atormentas.

Todo lo que Praskovia Fiodorovna expresaba respecto de la enfermedad de Iván Ilich, tanto a los extraños como a él mismo, significaba que su marido era culpable de estar enfermo y que dicha enfermedad constituía un nuevo disgusto que le daba. Iván Ilich se daba cuenta de que Praskovia Fiodorovna procedía de este modo involuntariamente, mas eso no le servía de ayuda.

En el Tribunal, Iván Ilich notaba o creía notar esa misma extraña actitud, ora le parecía que lo miraban como a un hombre que no tardaría en dejar su plaza vacante, ora sus compañeros le gastaban bromas respecto de su susceptibilidad, como si aquella cosa terrible, horrorosa, inaudita, que le sucedía y que, sin dejar de minarlo, lo arrastraba irresistiblemente no sabía adónde, fuese el objeto más divertido para sus bromas. Schwartz, sobre todo, era el que más lo irritaba con su carácter jovial, lleno de vida y con su actitud *comme il faut*, que le recordaba que él había sido así diez años atrás.

Llegaban los amigos para jugar a las cartas. Todo iba bien; la partida resultaba alegre. Pero, de pronto, Iván Ilich sentía aquel dolor agudo y aquel mal sabor de boca, y le parecía que había algo salvaje en el regocijo de los demás.

Miraba cómo Mijail Mijailovich, su compañero de juego, golpeaba la mesa con sus manos sanguíneas; y se contenía, por indulgencia y cortesía, de coger las cartas acercándoselas a Iván Ilich para que este tuviera el placer de alcanzarlas sin hacer un esfuerzo y sin tener que alargar la mano. «¿Cómo? ¿Es que se figura que estoy tan débil que no soy capaz de alargar la mano?», se decía Iván Ilich; y, olvidando que tenía los ases, hacía una jugada equivocada, y perdía. Pero lo peor de todo era ver el interés que ponía Mijail Mijailovich por ganar, cuando a él le daba igual. Y era terrible pensar por qué le daba igual.

Todos notaban que Iván Ilich se encontraba mal, y le decían: «Podemos suspender el juego, si está cansado. Descanse un poco». ¿Descansar? No; no estaba cansado en absoluto. Terminaban la partida. Todos se mostraban sombríos y silenciosos. Iván Ilich se daba cuenta de que él era la causa de aquel estado de ánimo, pero no estaba en disposición de disiparlo. Después de cenar, los compañeros se iban, e Iván Ilich se quedaba solo, con la sensación de que su vida estaba envenenada, de que envenenaba la de los demás y de que ese veneno no disminuía, sino que penetraba cada vez más en su ser.

Con esa sensación, acompañada de dolor físico y de terror, era necesario acostarse; y, a menudo, no podía dormir la mayor parte de la noche. A la mañana siguiente había que levantarse de nuevo, vestirse, ir al Tribunal, hablar, escribir, o quedarse en casa las veinticuatro horas seguidas, de las que cada una constituía sufrimiento. Y era preciso vivir solo en el borde del precipicio, sin que un ser lo entendiera y se apiadase de él.

CAPÍTULO V

Así transcurrieron dos meses. Antes de Año Nuevo, llegó el cuñado de Iván Ilich y se detuvo en su casa. Iván Ilich estaba en el Tribunal. Praskovia Fiodorovna había salido de compras. Al entrar en su despacho, Iván Ilich encontró allí a su cuñado, que, con sus propias manos, sacaba las cosas de las maletas. Era un hombre sanguíneo y de complexión robusta. Levantó la cabeza al oír pasos, y, por espacio de un momento, miró en silencio a su pariente. Esa mirada se lo reveló todo. Su cuñado abrió la boca para proferir una exclamación, pero se contuvo. Eso confirmó las dudas de Iván Ilich.

—¿Qué? ¿He cambiado?

—Sí..., has cambiado.

Después, cuando Iván Ilich intentó varias veces reanudar la conversación acerca de su aspecto, su cuñado guardó silencio. Al llegar Praskovia Fiodorovna, su hermano entró en sus habitaciones. Iván Ilich cerró la puerta con llave y fue a mirarse al espejo, primero de frente y luego de perfil. Tomó una fotografía, en la que estaba retratado con su mujer, y la comparó con la imagen que reflejaba el espejo. Se observaba un cambio enorme. Entonces, se remangó hasta los codos, se miró los brazos, volvió a bajar las mangas y se sentó en un sofá, presa de un desánimo más negro que la noche.

«No debo pensar... No debo pensar», se dijo; y, levantándose de un salto, se acercó a la mesa y empezó a leer un asunto judicial. Pero no le fue posible concentrarse. Abrió la puerta y fue a la sala. La puerta del salón estaba cerrada. Se acercó a ella, de puntillas, y escuchó.

—Exageras —decía Praskovia Fiodorovna.

—¡Qué voy a exagerar! ¿No te das cuenta de que es un hombre muerto? Fíjate en sus ojos. No tienen luz. ¿Y qué es lo que tiene?

—Nadie lo sabe. Nikolaiev (era uno de los médicos) ha diagnosticado algo, pero no sé exactamente qué. Leschetitsky (era un doctor eminente) opina lo contrario.

Iván Ilich se retiró de la puerta y entró en su habitación. Después, se tendió y empezó a pensar: «El riñón, el riñón flotante». Recordó lo que le habían dicho los médicos acerca de cómo se le había desprendido y cómo flotaba. Haciendo un esfuerzo de imaginación, procuraba asir ese riñón para detenerlo y afianzarlo. ¡Le parecía que se necesitaba tan poca cosa para eso...! «Iré otra vez a ver a Piotr Ivanovich.» (Era aquel compañero suyo que tenía un amigo médico.) Llamó al criado, le ordenó que prepararan el coche, y se dispuso a partir.

—¿Adónde vas, Jean? —le preguntó su mujer, con una expresión particularmente triste y bondadosa, desacostumbrada en ella.

Esto último irritó a Iván Ilich. Miró a su mujer, con aire sombrío.

—Necesito ir a ver a Piotr Ivanovich.

Al llegar a casa de su amigo, ambos fueron a ver al doctor. Este recibió a Iván Ilich y conversó largo rato con él.

Analizando anatómica y fisiológicamente los detalles de lo que, según opinaba el doctor, le ocurría, Iván Ilich lo comprendió todo.

Había una cosa muy pequeña en el intestino ciego. Aquello podía arreglarse. Era preciso aumentar la energía de un órgano, debilitar la actividad de otro; y se produciría una absorción, con lo que todo se normalizaría. Iván Ilich se retrasó un poco para la cena. Después de cenar, charló un rato alegremente, pero tardó mucho en decidirse a volver a su despacho para trabajar. Finalmente lo hizo, y puso enseguida manos a la obra. Examinó algunos documentos sin que lo abandonara la conciencia de que tenía un asunto importante, íntimo, del que tendría que ocuparse al acabar con el trabajo. Cuando terminó su tarea, recordó que aquel asunto íntimo era pensar en el intestino ciego. Pero no se dejó llevar por ese pensamiento, y fue a tomar el té al salón. Había invitados que charlaban, cantaban y tocaban el piano. Entre ellos se encontraba el juez de instrucción, futuro prometido de Liza. Iván Ilich pasó aquella velada más alegremente que otras, según observó Praskovia Fiodorovna. Sin embargo, no olvidaba ni un momento que había aplazado para después la importante meditación acerca del intestino ciego. A las once, se despidió y se retiró a su habitación. Desde que había caído enfermo dormía solo, en un pequeño cuarto contiguo al despacho. Al llegar allí, se desnudó y cogió una novela de Zola, pero no pudo leer y empezó a pensar. En su imaginación se realizaba el deseado arreglo del intestino ciego. Se representaba la absorción, la eliminación y el restablecimiento. «Todo esto es así, pero es necesario ayudar a la naturaleza», se dijo. Al acordarse de la medicina, se incorporó, y, después de tomarla, se tendió de espaldas, para prestar atención a su acción favorable y fijarse en cómo le hacía desaparecer el dolor. «Lo que hace falta es tomarla con regularidad y evitar las influencias perniciosas; ya me siento algo mejor, mucho mejor.» Se palpó el costado y notó que no le dolía al tocarlo. «No lo siento, verdaderamente estoy mucho mejor.» Apagó la vela y se echó de lado. «El intestino ciego realiza la absorción y se está curando.» De pronto, sintió el antiguo dolor, que le era tan familiar, aquel dolor sordo, lento, tenaz y serio, y el mismo mal sabor de boca. Se le oprimió el corazón y se confundieron sus ideas. «¡Dios mío! ¡Dios mío! Otra vez, otra vez lo mismo. Esto no cesará nunca.» Súbitamente, aquella cuestión se le representó bajo un aspecto distinto. «¡El intestino ciego! ¡El riñón!... No se trata del intestino ciego ni del riñón, sino de la vida y... de la muerte. La vida existe, pero he aquí que se va y que no soy capaz de retenerla. ¿Para qué engañarse a sí mismo? ¿Acaso no están convencidos todos, excepto yo, de que me voy a morir y de que la cuestión estriba tan solo en la cantidad de semanas o días que me quedan de vida? Tal vez, ahora mismo... Aquello era la luz y esto son las tinieblas. Entonces estaba aquí y ahora me voy allí. Pero... ¿adónde?» Sintió frío y se le cortó la respiración. Ya no oía más que los latidos de su corazón.

«Cuando yo no exista, ¿qué habrá? Nada. ¿Dónde estaré, pues, cuando no exista? ¿Es posible que sea la muerte? No, no quiero.» Iván Ilich se levantó, de un salto; y, al buscar a tientas la vela con sus manos temblorosas, la dejó caer al suelo, con la palmatoria; y volvió a echarse, reclinando la cabeza sobre la almohada. «¿Para qué? Es igual», se dijo, fijando los ojos en la oscuridad. «La muerte. Sí, la muerte y ninguno de ellos lo sabe, no quiere saberlo ni lo siente. Están tocando (se oía desde lejos una voz que cantaba y repetía un ritornelo). A ellos les tiene sin cuidado, y, sin embargo, han de morir también. ¡Qué tontos! A mí me ha llegado antes, a ellos les llegará después, pero tendrán lo mismo. A pesar de eso, se divierten. ¡Qué animales!» La ira lo ahogaba. Experimentó una angustia insoportable. «No es posible que todos estén eternamente condenados a este horrible terror.» Iván Ilich se levantó.

«Algo no marcha. Es preciso calmarse y reflexionar.» E Iván Ilich empezó a pensar. «La enfermedad empezó... Me di un golpe en un costado. Pero seguí bien, tanto aquel día como el siguiente, exceptuando un pequeño dolor que fue en aumento. Después, visité al médico. Me sentía triste y abatido, y volví a consultar a otros. Y cada vez me acercaba más al precipicio. Me iba debilitando. Y ahora me encuentro agotado y sin luz en los ojos. La muerte está aquí y yo pienso en el intestino ciego. Pienso en la manera de curar el intestino, cuando se trata de la muerte. Pero ¿es posible que sea la muerte?» De nuevo le invadió el terror y sintió ahogo. Al agacharse para buscar las cerillas, apoyó el codo en una silla y se hizo daño. Irritado, se apoyó con más fuerza, y volcó la silla. Desesperado y sofocándose, se echó de espaldas y esperó que la muerte viniera de un momento a otro.

Entre tanto, empezaron a despedirse los invitados. Praskovia Fiodorovna los acompañaba a la puerta. Al oír que se había caído algo, entró en la habitación de Iván Ilich.

—¿Qué te pasa?

—Nada. La he tirado sin querer.

Praskovia Fiodorovna salió y volvió con una vela. Iván Ilich estaba tendido sobre la cama, respirando rápida y fatigosamente, como un hombre que acabase de recorrer una versta a toda velocidad. Fijó la mirada en su esposa.

—¿Qué te pasa, Jean?

—Na... da. He de... ja... do caer...

«¿Para qué hablar? No me comprendería», pensó. En efecto, Praskovia Fiodorovna no comprendió nada. Recogió la palmatoria, encendió la vela y salió presurosamente: tenía que acompañar a un invitado a la puerta.

Cuando volvió a la habitación, Iván Ilich seguía echado de espaldas mirando hacia arriba.

—¿Qué te pasa? ¿Estás peor?

—Sí.

Praskovia Fiodorovna movió la cabeza.

—Oye, Jean, tal vez sea conveniente que llamemos a Leschetitsky —dijo, después de permanecer sentada un rato a su lado.

Llamar a aquel célebre médico significaba que Praskovia Fiodorovna no reparaba en gastos. Iván Ilich la miró con expresión malévola y dijo:

—No.

Praskovia Fiodorovna permaneció sentada otro ratito; después se acercó a su marido y le besó en la frente.

Iván Ilich sintió un odio profundo hacia su mujer en el momento en que esta lo besaba, e hizo un esfuerzo para no rechazarla.

—Buenas noches. Dios quiera que duermas.

—Sí...

CAPÍTULO VI

Iván Ilich notaba que iba a morir, y se encontraba en un constante estado de desesperación.

En el fondo de su alma sabía que iba a morir; pero, no solo no se acostumbraba a esa idea, sino que no la comprendía, ni habría podido comprenderla de ningún modo.

El ejemplo del silogismo que había aprendido en la lógica de Kiseveter: «Cayo es un hombre; los hombres son mortales. Por tanto, Cayo es mortal», le parecía aplicable solamente a Cayo, pero de ningún modo a sí mismo. Cayo era un hombre como todos, y eso era perfectamente justo; pero él no era Cayo, no era un hombre como todos, sino que siempre había sido completamente distinto de los demás. Era Vania con su papá y su mamá, con Mitia y Volodia, con los juguetes, con el cochero, la niñera y, después, con Katia, con todas sus ale-

grías, sus penas y sus entusiasmos de la infancia, la ado-
lescencia y la juventud. ¿Acaso existió para Cayo aquel
olor del balón de cuero a rayas, que tanto quería Vania?
¿Acaso Cayo besaba la mano de su madre como él? ¿Acaso oía Cayo el rumor que producían los frunces de su
vestido de seda? ¿Acaso alborotaba por unos pastelillos
en la Escuela de Jurisprudencia? ¿Acaso había estado
enamorado como él? ¿Acaso podía presidir una sesión?

«Cayo es realmente mortal; por tanto, es justo que
muera; pero yo, Vania, Iván Ilich, con mis sentimientos
y mis ideas... es distinto. Es imposible que deba morir.
Sería demasiado terrible.»

Esto era lo que sentía Iván Ilich. «Si tuviera que mo-
rirme, como Cayo, lo sabría, me lo diría una voz interior;
pero no siento nada semejante. Tanto mis amigos como
yo habíamos comprendido que no nos ocurriría lo que
a Cayo. Sin embargo, ¡he aquí lo que me ocurre! ¡No
puede ser! ¡No puede ser! No puede ser, pero es. ¿Cómo
ha sucedido? ¿Cómo comprenderlo?», se decía.

No le era posible comprender, y trataba de rechazar
esa idea como una idea falsa, errónea y enfermiza, por
medio de ideas justas y sanas. No obstante, esa idea volvía, como una realidad, y se detenía ante él.

Trataba de fijar su atención en otros pensamientos,
por turno, con la esperanza de que le prestasen apoyo.

Luchaba por volver a sus ideas de antes, aquellas ideas que le ocultaban la de la muerte. Pero cosa rara: lo que antes velaba, ocultaba y destruía la conciencia de la muerte no producía ahora el mismo efecto. Durante la última época, Iván Ilich pasaba la mayor parte del tiempo intentando restablecer la marcha de sus antiguos sentimientos, que velaban la idea de la muerte. Se decía: «Me ocuparé del servicio. Sea como sea, he vivido gracias a él». Iba al Tribunal, procurando apartar las dudas que lo asaltaban; entablaba conversación con los compañeros; y, mientras se sentaba, de acuerdo con su antigua costumbre, dirigía una mirada distraída y pensativa a la multitud, apoyaba sus manos adelgazadas en los brazos del sillón de roble, y, al inclinarse hacia su colega, le mostraba la causa y le cuchicheaba algo. Después, levantando la vista e irguiéndose, pronunciaba ciertas palabras, y daba por comenzada la sesión. Pero, súbitamente, en medio de esta, sin tener en cuenta el desarrollo de la causa, el dolor comenzaba su obra roedora. Iván Ilich escuchaba, y procuraba alejar la idea de la muerte. Pero esta se erguía ante él y lo miraba. Iván Ilich se quedaba petrificado; se apagaba el brillo de sus ojos y empezaba a preguntarse, de nuevo: «¿Será posible que solo ella sea la verdad?» Entonces, tanto sus compañeros como sus subordinados, veían, con sorpresa y amargura, que ese juez, tan fino y tan brillante, se embrollaba y cometía errores. Iván Ilich se sobreponía, trataba de volver en sí y conseguía llegar al fin de la causa. Volvía a su casa con la triste conciencia de que los asuntos judiciales no podían ya ocultarle, como antes, lo que deseaba ignorar; no podían librarlo de ella. Y lo peor del caso era que ella no lo atraía para que hiciera algo, sino tan solo para que la contemplara, para que la mirara directamente a los ojos y padeciera indeciblemente.

Con objeto de escapar de esa situación, Iván Ilich buscaba el consuelo tras de otros velos. Estos surgían y parecían protegerle un corto espacio de tiempo, pero no tardaban en volverse diáfanos; era como si ella pasara a través de todo, como si nada pudiera ocultarla.

Durante los últimos tiempos, solía entrar en el salón que él mismo había arreglado, aquel salón en el que había estado a punto de caerse y en cuya instalación había sacrificado su vida —lo recordaba con sarcasmo ya que le constaba que su enfermedad se debía a ese golpe—, y veía que la mesa barnizada tenía un arañazo. Buscaba el motivo, y se daba cuenta de que era debido al adorno de bronce de un álbum, que se había desprendido en una de las esquinas. Tomaba aquel álbum costoso, compuesto por él mismo, con tanto amor; y, al verlo desgarrado y con las fotografías revueltas, se indignaba de la negligencia de su hija y de sus amigos, ordenaba cuidadosamente los retratos y arreglaba la esquina desprendida.

Luego le venía la idea de cambiar todo aquel *établissement*, junto con el álbum, a otro rincón del salón, al lado de las flores. Llamaba al lacayo. Su hija o su mujer venían a ayudarle; no se mostraban de acuerdo con él y lo contradecían. Entonces Iván Ilich discutía y se enfadaba. Pero todo aquello estaba bien, porque no se acordaba de ella, porque no la veía.

Pero he aquí que, de pronto, su mujer le decía: «Espera, los criados lo harán; te vas a hacer daño»; y entonces ella surgía detrás del velo, e Iván Ilich la veía. Aún tenía esperanzas de que desapareciera enseguida, pero empezaba a prestar atención a su costado y notaba que allí seguía lo que le producía ese dolor lento, y ya no le era posible olvidar. Mientras tanto, ella lo miraba, claramente, a través de las flores. ¿Por qué ocurría todo aquello?

«En efecto, aquí, junto a esta cortina, perdí mi vida como en una batalla. Pero ¿es posible? ¡Qué horrible y qué absurdo! ¡Eso no puede ser! ¡Eso no puede ser; pero es.»

Se iba al despacho, se acostaba y se quedaba a solas con ella. Estaba solo con ella y no había nada que hacer. Tenía que limitarse a mirarla; y le invadía un horror frío.

CAPÍTULO VII

*A*l tercer mes de la enfermedad de Iván Ilich —no podría decirse cómo ocurrió esto, porque fue una cosa paulatina e imperceptible— su mujer, sus hijos, los criados, los conocidos y los médicos y, sobre todo, él mismo, sabían que el interés que inspiraba a los demás consistía solo en saber si dejaría pronto vacante la plaza, si libraría pronto a los vivos del fastidio que causaba su presencia y si él mismo se vería pronto libre de sus sufrimientos.

Cada día que pasaba dormía menos; le administraban opio y habían empezado a ponerle inyecciones de morfina. Pero eso no parecía aliviarle. El embotamiento que experimentaba en sus semiletargos lo había calmado al principio, por ser una sensación nueva, pero luego se volvió tan atormentador o incluso más que el dolor franco.

Le preparaban platos especiales, por prescripción de los doctores, pero esos manjares le resultaban cada vez más insípidos y más repugnantes.

Se le hacían también preparativos especiales para la defecación, que constituían para él un verdadero tormento, tormento causado por la suciedad, el mal olor, la inconveniencia y porque otro hombre asistía a tal función.

Sin embargo, Iván Ilich halló un consuelo en aquel menester molesto. Era Guerasim quien lo asistía en estos casos. Era un mujik joven, lozano, limpio y cebado con manjares ciudadanos. Siempre estaba alegre y de buen humor. Al principio, Iván Ilich se turbaba al ver a aquel hombre, siempre limpio y vestido a la usanza rusa, cumpliendo aquella tarea desagradable. Un día, después de aquella función, sin fuerzas para ponerse los pantalones, se dejó caer en una butaca y miró, horrorizado, sus débiles muslos desnudos, de músculos muy marcados.

Entró Guerasim con sus pasos fuertes y ligeros, calzado con gruesas botas, despidiendo un olor agradable a brea y a aire fresco de invierno. Llevaba la camisa de percal remangada, dejando al descubierto sus brazos jóvenes y robustos, y un delantal de hilo muy limpio. Sin mirar a Iván Ilich y conteniendo la alegría de vivir que se reflejaba en su rostro, para no ofenderlo, se dispuso a cumplir su tarea.

—Guerasim —dijo Iván Ilich, con voz débil.

El criado se estremeció, temiendo haber cometido una torpeza; y con un movimiento rápido volvió hacia Iván Ilich su cara lozana, bondadosa, sencilla y joven, en la que apenas empezaba a apuntar la barba.

—¿Qué desea, señor?

—Me figuro que esto es desagradable para ti. Perdóname, pero no puedo...

—¡En absoluto! —exclamó Guerasim, con un brillo en los ojos y mostrando sus dientes blancos y sanos—. No me molesta nada; está usted enfermo.

Con sus manos diestras y fuertes, cumplió su tarea habitual, saliendo de la habitación con paso ligero. Al cabo de cinco minutos, volvió del mismo modo.

Iván Ilich seguía sentado en el sillón, en la misma actitud de antes.

—Guerasim, por favor, ven aquí. Ayúdame. —El criado se acercó—. Ayúdame a incorporarme; me cuesta trabajo hacerlo solo y he despedido a Dimitri.

Guerasim rodeó, hábilmente, con sus vigorosos brazos, el cuerpo de Iván Ilich, lo levantó y, mientras lo sostenía con una mano, le alzó el pantalón con la otra, y quiso depositarlo de nuevo en el sillón. Pero Iván Ilich le rogó que lo acompañase al diván. Sin esfuerzo alguno, y como si no lo agarrase siquiera, el criado lo trasladó allí, casi en vilo.

—Gracias. Con qué destreza y qué bien... lo haces todo.

El criado sonrió y se dispuso a salir de la habitación, pero Iván Ilich se encontraba tan a gusto con él que no quiso que se marchara.

—Acércame esa silla, por favor. No, esa no, la otra. Colócamela debajo de los pies. Me alivia tener los pies en alto.

Guerasim trajo la silla y la dejó en el suelo sin hacer ruido; después, levantó los pies de Iván Ilich y los colocó encima. Este creyó sentir alivio en el momento en que Guerasim le levantaba los pies.

—Estoy mejor cuando tengo los pies en alto —repitió—. Ponme aquel cojín.

Guerasim obedeció. Había vuelto a levantar los pies de Iván Ilich, para colocarlos sobre el cojín. De nuevo el enfermo creyó sentirse mejor, mientras Guerasim le sostenía las piernas. En cuanto se las hubo dejado sobre el cojín, se sintió peor.

—Guerasim, ¿estás ocupado ahora? —preguntó.

—No, señor —replicó el criado, que había aprendido en la ciudad a hablar como es debido.

—¿Qué tienes que hacer aún?

—Ya he terminado mi faena. Solo me queda partir leña para mañana.

—Entonces, sostenme los pies en alto, ¿quieres?

—¿Por qué no? Desde luego. —Guerasim levantó las piernas de Iván Ilich y este creyó que en esa posición no sentía en absoluto el dolor.

—¿Cuándo vas a partir la leña?

—No se preocupe usted. Tengo tiempo de sobra.

Iván Ilich mandó a Guerasim que se sentara y le sostuviera las piernas, en alto; y empezó a charlar con él. Y cosa extraña, tuvo la sensación de encontrarse mejor de este modo.

Desde aquel día, Iván Ilich llamaba a veces al criado y le mandaba que le sostuviera los pies sobre sus hombros. Le gustaba hablar con él. Guerasim obedecía de buena gana. Hacía esto con facilidad, sencillez y una bondad tal, que enternecía a Iván Ilich. La salud, la fuerza y la energía vital de los seres humanos ofendían al enfermo, pero la fuerza y la energía vital de Guerasim no solo no lo afligían, sino que hasta llegaban a apaciguarlo.

La mentira, esa mentira adoptada por todos, de que solo estaba enfermo, pero que no se moría, que bastaba que estuviese tranquilo y se cuidase para que todo se arreglara, constituía el tormento principal de Iván Ilich.

Le constaba que, por más cosas que hicieran no se obtendría nada, excepto unos sufrimientos aún mayores y la muerte. Lo atormentaba que nadie quisiera reconocer lo que sabían todos e incluso él mismo, que quisieran seguir mintiendo respecto de su terrible situación y lo obligaran a tomar parte en aquella mentira. La mentira, esa mentira que se decía la víspera misma de su muerte, rebajando ese acto solemne y terrible hasta igualarlo con las visitas, las cortinas y el esturión para la comida... hacía sufrir terriblemente a Iván Ilich. Y, cosa rara, muchas veces, cuando veía que trataban de seguir engañándole, estaba a punto de gritar: «¡Cesad de mentir! Vosotros sabéis, lo mismo que yo, que me muero. ¡Al menos, cesad de mentir!». Pero nunca había tenido el valor de hacerlo. Veía que el terrible y horroroso acto de su muerte estaba rebajado por los que lo rodeaban hasta el grado de que pareciera una circunstancia desagradable, en parte hasta conveniente (se le trataba como se trata a un hombre que entra en un salón despidiendo un olor desagradable), por la misma «conveniencia» a la que había servido durante toda su vida. Veía que nadie se apiadaría de él, porque nadie podía comprender siquiera su situación. El único que lo entendía y se compadecía de él era Guerasim. Por eso Iván Ilich se sentía a gusto únicamente en su compañía. Se encontraba bien cuando Guerasim se pasaba la noche entera sosteniéndole las piernas y no consentía en irse a dormir diciendo: «Haga el favor de no preocuparse, Iván Ilich. Ya tendré tiempo de descansar». O también cuando, sin más ni más, empezaba a tutearlo y le decía: «Si no estuvieras enfermo... Pero así, ¿cómo no servirte?». El único que no mentía era Guerasim. Por todos los síntomas era evidente que solo él comprendía lo que pasaba, que no consideraba necesario ocultarlo y sentía compasión de su amo, que estaba agotado y débil. Una vez en que Iván Ilich le insistía que se fuera, llegó a decir sin ambages:

—Todos hemos de morir. ¿Cómo podría dejar de servirle ahora?

Con esas palabras expresó que no le pesaba realizar esa tarea, precisamente porque lo hacía por un hombre moribundo, y que tenía esperanzas de que alguien haría lo mismo por él cuando llegase el momento.

Aparte de aquella mentira, o tal vez a consecuencia de ella, lo más doloroso para Iván Ilich era que nadie se compadeciera de él, tal como habría querido. En ciertos momentos, después de haber sufrido prolongados dolores, deseaba —aunque le habría avergonzado reconocerlo— que se apiadaran de él, como de un niño enfermo. Deseaba que lo acariciaran, que le dieran besos, que lo mimasen como a un niño. Sabía que era un personaje importante, que tenía la barba entrecana y que, por consiguiente, aquello habría sido imposible. Sin embargo, lo deseaba. En el trato que Guerasim le dispensaba, había algo semejante a eso, y, por tanto, era lo único que lo consolaba. Iván Ilich tiene deseos de llorar, le gustaría que lo acariciasen y lo mimasen. Pero he aquí que llegaba Shebek, su colega; y en vez de llorar y de pedir caricias, Iván Ilich adoptaba una expresión seria, grave y reconcentrada; y, por la fuerza de la inercia, expresaba su opinión sobre la importancia de una decisión del Tribunal de Casación, que sostenía tenazmente. Aquella mentira en torno suyo y dentro de él mismo envenenó más que nada los últimos días de su vida.

CAPÍTULO VIII

*Era por la mañana puesto que Guerasim se había ido y, en su lugar, el lacayo Piotr había apagado las ve-*las, había descorrido las cortinas y empezaba a arreglar la habitación en silencio. Era igual que fuese por la mañana o por la noche, que fuese viernes o domingo; siempre el mismo dolor atormentador, lento, que no cesaba ni un instante; la conciencia de que la vida se iba inevitablemente, pero que aún no se había ido; la aproximación de aquella muerte horrible, odiosa, que era la única realidad existente; y siempre la misma mentira. ¿Qué importaban los días, las semanas, las horas?

—¿Quiere tomar té?

Iván Ilich pensó: «Ha de hacer las cosas con orden y que los señores tomen el té por la mañana». Por eso se limitó a decir:

—No.

—¿Quiere trasladarse al diván?

«Necesita arreglar la habitación y yo le molesto. Constituyo la suciedad y el desorden», pensó Iván Ilich; y replicó: «No, déjame».

El criado seguía afanándose en la estancia. Iván Ilich tendió una mano. Piotr se acercó a él servicialmente.

—¿Qué desea?

—El reloj.

Piotr cogió el reloj, que estaba al alcance de la mano de Iván Ilich, y se lo entregó:

—Las ocho y media. ¿Se han levantado ya?

—No. Solo Vasili Ivanovich —era el hijo de Iván Ilich—; y se ha ido al gimnasio. Praskovia Fiodorovna me ha dado orden de despertarla si la llama usted. ¿La despierto?

—No; no la llames. —«No se sé si tomar un poco de té», pensó—. Tráeme el té.

Piotr se dirigió hacia la puerta. Iván Ilich sintió terror de quedarse solo. «¿Cómo podría retenerlo? ¡Ah, sí! Con la medicina.»

—Piotr, dame la medicina.

«Tal vez pueda aliviarme todavía.» Tomó una cucharada. «No, no me aliviará. Todo esto no son más que absurdos y engaños», se dijo, en cuanto notó de nuevo aquel conocido y repugnante sabor. «No, no puedo creerlo. Pero ese dolor, ¿por qué tengo ese dolor? Si se calmara, al menos, por un momento.» E Iván Ilich gimió. Piotr volvió sobre sus pasos.

—No, vete. Tráeme el té.

El criado salió. Al quedarse solo, Iván Ilich volvió a quejarse, no tanto de dolor como de pena. «Siempre igual, siempre igual; esas noches y esos días sin fin. Si al menos llegara más pronto. ¿El qué? La muerte, las tinieblas. ¡No, no! Todo es preferible a la muerte.»

Cuando Piotr entró, trayendo el té en una bandeja, Iván Ilich lo miró, durante un buen rato, con una mirada extraviada, sin comprender quién era ni para qué venía. Piotr se turbó al sentir aquella mirada, y fue entonces cuando Iván Ilich se recobró.

—¡Ah, sí! El té... Muy bien. Déjalo ahí. Ayúdame antes a lavarme y a ponerme una camisa limpia.

Iván Ilich empezó a lavarse. Descansando entre una cosa y otra, se lavó las manos y la cara, se limpió los dientes y, al ir a peinarse, se miró al espejo. Le horrorizó ver que sus cabellos estaban pegados a su pálida frente.

Mientras se cambiaba de camisa, no quiso mirarse el cuerpo, porque sabía que lo aterraría aún más. Finalmente, terminó su aseo. Se puso un batín, se cubrió con una manta de viaje y se instaló en una butaca, para tomar el té. Por un momento, se sintió refrescado; pero en cuanto probó el té, volvió a notar el mismo mal sabor de boca y el mismo dolor. Hizo grandes esfuerzos para terminar de tomarlo; y se tendió, estirando las piernas. Despidió a Piotr.

Seguía igual. Tan pronto fulguraba una esperanza como se agitaba el mar de desesperación; y siempre el mismo dolor, siempre la misma tristeza. Al estar solo, sentía una pena terrible; y habría deseado llamar a alguien; pero sabía, de antemano, que en presencia de los demás estaría peor. «Si al menos me pusiera morfina y pudiera olvidar... Diré al doctor que me mande algo nuevo. Así es imposible, imposible.»

De este modo transcurrieron un par de horas. De pronto, se oyó la campanilla desde la antesala. Tal vez fuese el doctor. En efecto, era él, ese hombre lozano, grueso, alegre y con aquella expresión que parecía decir: «Se ha asustado usted, pero no importa, enseguida lo arreglaré todo». El doctor sabía que, en este caso, su expresión no podía servir de nada. Pero la había adoptado de una vez para siempre, y no podía prescindir de ella, lo mismo que un hombre que se pone el frac desde por la mañana y se va a hacer visitas. Se frotó las manos, con expresión animosa y tranquilizadora.

—Traigo mucho frío. La helada arrecia. Espere que me caliente un poco —dijo, con un tono tal como si al entrar en calor todo se arreglara—. Bueno, ¿qué? ¿Cómo está? ¿Cómo ha pasado la noche?

Iván Ilich notó que el médico tenía ganas de decir: «¿Cómo van los asuntillos?», pero que se daba cuenta de que no se podía hablar de este modo. Lo miró, con expresión interrogadora: «¿Es posible que no llegue el momento en que te avergüences de mentir de este modo?». Pero el médico no quiso entender esa pregunta. Entonces, Iván Ilich dijo:

—Tan horriblemente mal como siempre. El dolor no me abandona, no cede. Si al menos me diese usted algo...

—Ustedes, los enfermos, siempre son así. ¡Vaya, parece que ya he entrado en calor! Ni siquiera la metódica Praskovia Fiodorovna tendría nada que objetar contra mi temperatura. ¡Vaya! Buenos días —exclamó el doctor, estrechando la mano al enfermo.

Iván Ilich sabía perfectamente que todo esto no eran más que cosas absurdas y engaños; pero, cuando el doctor se puso de rodillas y, aplicándole el oído sobre el pecho, tan pronto más alto, tan pronto más bajo, adoptó un aire importantísimo y realizó por encima de él una serie de movimientos gimnásticos, se le sometió lo mismo que se sometía a los discursos de los abogados, aun cuando le constaba que mentían y conocía las razones de sus mentiras.

El doctor estaba aún de rodillas sobre el diván, auscultando al enfermo cuando se dejó oír el rumor del vestido de seda de Praskovia Fiodorovna y el reproche que le dirigía a Piotr por no haberle anunciado su llegada.

Entró en el aposento; besó a su marido e, inmediatamente, empezó a demostrar que hacía mucho rato que estaba levantada y que no había salido a recibir al doctor a causa de un malentendido.

Iván Ilich la contempló de arriba abajo; y le reprochó mentalmente su blancura, su gordura, la pulcritud de sus manos y de su cuello, el brillo de sus cabellos y el de sus ojos, rebosantes de vida. La odiaba con todas las fuerzas de su alma. El menor contacto suyo provocaba en él un acceso de odio que le hacía sufrir.

La actitud de Praskovia Fiodorovna hacia Iván Ilich y hacia su enfermedad era la de siempre. Lo mismo que el médico había adoptado un cierto modo de tratar a los enfermos, del que no podía prescindir ya, Praskovia Fiodorovna tenía su propia actitud respecto de la enfermedad de su marido; y tampoco podía prescindir de ella. Le reprochaba cariñosamente que no cumpliera las prescripciones del doctor.

—¡Pero si no me obedece! No toma las medicinas a su debido tiempo y, sobre todo, se acuesta en una pos-

tura que debe de serle perjudicial; pone los pies en alto
—exclamó.

Y contó que Iván Ilich obligaba a Guerasim a soste-
nerle las piernas en alto.

El doctor sonrió, con una expresión entre afectuosa
y despectiva: «¿Qué quiere usted que le hagamos? ¡Estos
enfermos se inventan cada cosa! Pero se les puede per-
donar».

Cuando terminó el reconocimiento y miró el reloj,
Praskovia Fiodorovna comunicó a Iván Ilich que, sin
preocuparse de su parecer, había llamado a un médico
eminente, para que celebrara una consulta con Mijail
Danilovich (así se llamaba el médico de cabecera).

—Te ruego que no te opongas a ello. Lo hago por
mí —dijo en tono irónico, dando a entender que lo hacía por él y que, por eso mismo, lo privaba del derecho
a negarse.

Iván Ilich guardó silencio; e hizo una mueca. Se daba
cuenta de que la mentira que lo rodeaba iba embrollán-
dose de tal forma que sería difícil comprender algo.

Praskovia Fiodorovna decía que todo lo que hacía
por la enfermedad de Iván Ilich era por ella; y así era, en
efecto; pero, como si se tratase de una cosa inverosímil,
quería que él entendiera lo contrario. A las nueve y media llegó el célebre médico y de nuevo empezaron las

auscultaciones y las discusiones, tanto en presencia de Iván Ilich como en la habitación contigua, acerca del riñón y del intestino ciego, que no funcionaban como debían y a los que no tardarían en atacar los dos médicos para obligarlos a corregirse.

El médico célebre se despidió con un aire grave, pero no desesperanzado.

A la tímida pregunta de si había posibilidad de curación, que le hizo Iván Ilich, levantando hacia él sus ojos brillantes a causa del miedo y de la esperanza, el doctor contestó que no podía asegurar nada, pero que había alguna probabilidad. La mirada, llena de esperanza, con que el enfermo acompañó al doctor había sido tan lastimera que Praskovia Fiodorovna vertió unas lágrimas al salir del despacho para entregar los honorarios al célebre doctor.

No duraron las esperanzas que había infundido el doctor a Iván Ilich. De nuevo la misma habitación, las mismas cortinas, los mismos cuadros, el mismo papel de las paredes, los mismos frasquitos y el mismo cuerpo dolorido que le hacía sufrir. Iván Ilich se quejó y le pusieron una inyección; poco después, quedó amodorrado.

Cuando se despertó, empezaba a oscurecer. Le trajeron la cena. Haciendo grandes esfuerzos tomó el caldo; y de nuevo volvió a sentir el mismo dolor tenaz.

A las siete de la tarde, cuando terminó de cenar, entró Praskovia Fiodorovna. Venía vestida para una velada, con su pecho voluminoso apretado y huellas de polvos en la cara. Ya por la mañana había dicho a Iván Ilich que irían al teatro. Había llegado Sarah Bernhardt y habían comprado un palco a instancias del propio Iván Ilich. Pero, en aquel momento, no recordaba eso; y el vestido de su mujer lo ofendió. Al recordar que él mismo había insistido en que tomaran el palco, porque se trataba de una distracción estética e instructiva para los hijos, ocultó su sentimiento.

Praskovia Fiodorovna había entrado en la habitación, satisfecha de sí misma, pero como culpable de algo. Se sentó un momento y preguntó a su marido cómo se encontraba. Iván Ilich se dio cuenta de que lo hacía tan solo por preguntar, pero no para enterarse de su estado. Después dijo lo que convenía decir en tales casos, que de ninguna manera iría al teatro, pero que el palco estaba tomado ya y que Héléne, su hija y Petrischev (el pretendiente de esta) querían ir, y que no podía dejarlos marchar solos. Ella preferiría quedarse con él. ¡Con tal que cumpliera las prescripciones del médico en su ausencia!

—¡Ah, sí! Fiodor Petrovich (el novio) quería entrar a verte. ¿Puede? Y Liza también.

—Que entren.

Liza venía muy peripuesta: su vestido dejaba al descubierto parte de su joven cuerpo, poniéndolo en evidencia. En cambio, a Iván Ilich lo hacía sufrir mucho el suyo. Liza era joven, fuerte, estaba visiblemente enamorada y renegaba de la enfermedad, del sufrimiento y de la muerte que impedían su dicha.

Fiodor Petrovich iba peinado *a la Capoul*, llevaba frac, un cuello blanco en torno a su largo cuello musculoso, un enorme plastrón, y un pantalón negro, estrecho, que moldeaba sus muslos, y sostenía la chistera con una de sus manos, enfundada en guante blanco.

Detrás de él se deslizó, imperceptiblemente, el hijo de Iván Ilich, con su uniforme nuevo y los guantes puestos. Tenía grandes ojeras, cuyo motivo sabía Iván Ilich. Siempre le daba pena su hijo. Le afligía ver su mirada asustada y llena de simpatía. Creía que, exceptuando a Guerasim, el único que lo entendía y compadecía era él.

Todos tomaron asiento y preguntaron al enfermo cómo se encontraba. Después reinó el silencio. Liza preguntó a su madre dónde estaban los gemelos. Y se produjo una discusión entre la madre y la hija. No se sabía quién los había perdido. Aquello resultaba desagradable.

Fiodor Petrovich preguntó a Iván Ilich si había visto actuar a Sarah Bernhardt. Al principio, este no comprendió la pregunta, pero luego dijo:

—No. Y usted ¿la ha visto ya?

—Sí, en *Adrienne Lecouvreur*.

Praskovia Fiodorovna opinaba que Sarah Bernhardt trabajaba particularmente bien en una obra determinada. Su hija no se mostró de acuerdo. Se inició una conversación acerca de la elegancia y el realismo de la actuación de la actriz; y fue como siempre en tales casos.

En medio de la conversación, Fiodor Petrovich miró a Iván Ilich y guardó silencio. Los demás lo miraron también, e hicieron lo mismo. El enfermo permanecía con sus ojos brillantes fijos ante sí; sin duda se sentía indignado contra ellos. Era preciso borrar aquella impresión, pero no había manera de hacerlo. Era preciso romper el silencio de algún modo. Nadie se atrevía a romperlo; todos temían que se destruyera aquella mentira convencional y que la realidad se tornara evidente. Liza fue la primera en decidirse. Interrumpió el silencio. Quería disimular el sentimiento que experimentaban todos; pero se traicionó.

—Tenemos que irnos, ya es hora —dijo, después de consultar el reloj, regalo de su padre.

Y sonrió, imperceptiblemente, mirando al joven, como si se refiriese a algo que solo ellos dos sabían. Después, se levantó, produciendo un rumor con su vestido.

Todos se pusieron en pie y se despidieron uno a uno del enfermo.

Al quedarse solo, Iván Ilich creyó que se sentía mejor: había desaparecido la mentira; se la habían llevado, pero el dolor se quedaba con él. Siempre el mismo dolor, siempre el mismo miedo; nada lo aminoraba... Cada vez se sentía peor.

De nuevo corrieron los minutos y las horas, unos tras de otras. Siempre era lo mismo; pero el fin, ese fin inevitable, que cada vez parecía más horroroso, no llegaba.

— Sí, que venga Guerasim — contestó Iván Ilich a la pregunta de Piotr.

*P*raskovia Fiodorovna volvió tarde. Aunque entró de
puntillas, Iván Ilich la oyó. Abrió los ojos y volvió a
cerrarlos, precipitadamente. Praskovia Fiodorovna tuvo
la intención de despedir a Guerasim y de quedarse con
su marido. Este abrió los ojos para decirle:

—No, vete.

—¿Sufres mucho?

—Es igual.

—Toma opio.

Iván Ilich accedió y tomó unas gotas. Praskovia Fiodorovna se fue.

Aproximadamente hasta las tres, Iván Ilich permaneció en un sopor que lo atormentaba. Le parecía que
lo introducían con su dolor en un saco negro, estrecho
y profundo, y que lo empujaban constantemente, sin
que llegara al otro extremo. Y aquel proceso, horrible

para él, se realizaba con sufrimiento. Iván Ilich tenía miedo; deseaba meterse en el fondo del saco, luchaba y ayudaba al mismo tiempo. De pronto, se desprendió y, al caer, volvió en sí. Como siempre, Guerasim dormitaba tranquilamente sentado a los pies de la cama. Iván Ilich estaba acostado, con sus delgados pies enfundados en unos calcetines, apoyados en los hombros del criado. La misma vela, con su pantalla, y el mismo dolor incesante.

—Vete, Guerasim —susurró Iván Ilich.

—Me quedaré otro ratito.

—No, no; vete.

Iván Ilich quitó los pies de los hombros de Guerasim, se acostó de lado, apoyando la cabeza en una mano y se apiadó de sí mismo. Esperó a que el criado se retirase a la habitación contigua y ya no se contuvo más; se deshizo en lágrimas, lo mismo que una criatura. Lloró a causa de su impotencia, a causa de su terrible soledad, a causa de la crueldad de los humanos, de la de Dios, así como de su ausencia.

«¿Para qué has hecho todo esto? ¿Para qué me has traído a este mundo? ¿Por qué razón me atormentas de este modo tan terrible...?»

No esperaba ninguna respuesta; y lloraba porque no la había. De nuevo sintió el dolor; pero no se movió ni llamó a nadie. Se dijo: «¡Castígame más! Pero ¿por qué? ¿Qué te he hecho?».

Al cabo de un rato se apaciguó y no solo dejó de llorar, sino hasta de respirar y se tornó todo atención. Era como si escuchase la voz del alma —no esa otra voz que habla por medio de sonidos— y la marcha de los pensamientos que se producían en él.

«¿Qué necesitas?» fue el primer concepto que oyó que se podía expresar por medio de palabras. «¿Qué necesitas? ¿Qué necesitas?», se repitió. «¿Qué? No sufrir. Vivir», contestó.

Y se entregó de nuevo a una atención, tan reconcentrada, que ni siquiera le distrajo el dolor.

«¿Vivir? ¿Cómo?», preguntó la voz del alma.

«Sí, vivir. Vivir como he vivido antes, vivir bien y agradablemente.»

«¿Cómo viviste antes bien y agradablemente?», exclamó la voz. E Iván Ilich empezó a analizar mentalmente los mejores momentos de su vida agradable. Pero cosa rara: todos los mejores momentos de su vida le parecieron completamente distintos de lo que le parecieran antaño. Todos, exceptuando los primeros recuerdos de su niñez. En su infancia había algo realmente agradable, con lo que se podría vivir si volviera. Pero el hombre que había experimentado aquella sensación agradable no existía ya: aquello era como el recuerdo de algún otro.

En cuanto empezaba la época que había dado por resultado a Iván Ilich tal y como era ahora, todas las alegrías de antaño se disipaban ante sus ojos, convirtiéndose en algo insignificante y a menudo en algo vil.

Cuanto más se alejaba de su infancia, cuanto más cerca estaba del presente, tanto más insignificantes y dudosas se le antojaban las alegrías. Aquello empezaba en la Escuela de Jurisprudencia. Allí había habido aún algo verdaderamente bueno: allí había alegría, amistad, esperanzas. En las clases superiores habían sido ya menos frecuentes esos buenos momentos. Después, durante la época de su primer cargo, habían surgido de nuevo momentos gratos: eran los momentos de su amor hacia una mujer. Luego, todo se confundía en sus recuerdos; y cada vez encontraba menos cosas buenas. Más adelante, aún menos, cada vez menos...

¡Su matrimonio... tan imprevisto, y la desilusión, el mal aliento de su mujer, el sentimentalismo y la afectación! Y aquel trabajo muerto, aquellas preocupaciones pecuniarias por espacio de uno, dos, diez, veinte años... ¡Siempre lo mismo! Y cuanto más avanzaba, tanto más muerto era todo aquello. Era como si descendiera, uniformemente, de una montaña, imaginándose que subía.

Así había sido. Según subía a la montaña ante los ojos del mundo, la vida huía de él. ¡Y he aquí que todo estaba consumado, ya podía morir!

¿Qué significaba aquello? No podía ser. No podía ser que la vida fuese tan absurda, tan miserable. Y si, en efecto, era tan miserable y absurda, ¿por qué había que morir y morir sufriendo? Algo no estaba claro.

«¿Tal vez no haya vivido como debía?», se preguntaba, de pronto. «Pero esto no es posible, porque siempre he hecho lo que debía hacer», se decía; e inmediatamente apartaba la única solución del misterio de la vida y de la muerte, como algo totalmente imposible.

«¿Qué es lo que quieres ahora? ¿Vivir? ¿Cómo? Vivir como vivías en el Tribunal, cuando el ujier anunciaba: "Comienza el proceso"». «Comienza el proceso, comienza el proceso», repetía Iván Ilich. «Pero si no soy culpable», gritó con ira. «¿Por qué?» Iván Ilich se volvió de cara a la pared; y empezó a pensar en una sola cosa: por qué y para qué existía todo ese horror.

Pero, por más que meditó, no halló respuesta; y cuando le acudía la idea de que no había vivido como es debido, inmediatamente recordaba la regularidad de su existencia; y apartaba esa extraña idea.

CAPÍTULO X

*T*ranscurrieron otras dos semanas. Iván Ilich no abandonaba ya el diván. Le gustaba más que estar en la cama. Casi todo el tiempo permanecía vuelto de cara a la pared; sufría asaltado por unos tormentos inexplicables y meditaba sobre aquel problema insoluble. ¿Qué era aquello? ¿Era posible que, en efecto, fuese la muerte? Y una voz interior le respondía: «Sí, así es». ¿Qué objeto tenían esos tormentos? La voz le decía: «Ninguno». Más allá, no había nada, excepto esto.

Desde el principio de su enfermedad, desde su primera visita al médico, la vida de Iván Ilich se había dividido en dos estados de ánimo contrarios, que se sustituían mutuamente; tan pronto era la desesperación y la espera de la muerte, terrible e incomprensible; tan pronto la esperanza y la observación de sus funciones fisiológicas. Ora tenía ante sus ojos un riñón o un intestino, que se habían apartado momentáneamente de sus funciones; ora, la muerte, terrible e incomprensible, de la que no había modo de librarse.

Esos dos estados de ánimo se sustituían mutuamente, desde el mismo principio de su enfermedad; pero cuando más avanzaba esta, la idea del riñón se tornaba más dudosa, y más fantástica y más real la conciencia de la cercanía de la muerte.

Le bastaba recordar lo que había sido tres meses atrás y lo que era en el momento actual; le bastaba recordar cuán uniformemente había descendido de la montaña, para que se destruyese toda posibilidad de esperanza.

Durante los últimos tiempos de la soledad en que se encontraba, tendido en el sofá, de cara a la pared, de aquella soledad en medio de una ciudad populosa, en medio de sus numerosos conocidos y de su propia familia —de aquella soledad que no podía ser mayor en ninguna parte, ni en el fondo del mar, ni bajo la tierra— Iván Ilich vivía solamente por medio de la representación del pasado. Las imágenes del pasado se sucedían. Empezaban siempre por cosas recientes e iban alejándose, hasta llegar a la infancia, donde se detenían. Iván Ilich recordaba la compota de ciruelas pasas que le habían ofrecido aquel mismo día, y sus recuerdos se transportaban a las ciruelas pasas crudas, aquellas ciruelas arrugaditas de su infancia, su sabor tan peculiar y cómo se le hacía la boca agua cuando llegaba al hueso. Junto con ese recuerdo, surgía una serie de otros de la misma época: su *niania*, su hermano, sus juguetes... «No debo pensar en eso... es demasiado doloroso», se decía; y se trasladaba de nuevo al presente, a un botón del respaldo del sofá, a las arrugas del cordobán. «Este cordobán es caro y nada fuerte. Hemos tenido una discusión respecto a él. Pero hubo otro cordobán y otra discusión cuando rompimos la cartera de nuestro padre y nos castigaron y, después, mamá nos trajo pasteles.» Sus pensamientos volvían a detenerse en la infancia; y otra vez Iván Ilich sufría y trataba de apartarlos y pensar en otra cosa.

Junto con ese proceso de pensamientos, se elevaba en su alma otro proceso acerca de la manera en que se agravaba y desarrollaba su enfermedad. A medida que retrocedía, había más vida y era mejor. Una cosa se confundía con la otra. «Según van en aumento los sufrimientos, la vida empeora», se decía. Había un punto luminoso allí, en el principio de su existencia, pero luego todo se volvía cada vez más negro y cada vez más rápido. «Es inversamente proporcional a los cuadrados de la distancia de la muerte», pensaba Iván Ilich. La imagen de la piedra que cae, aumentando su velocidad, invadía su alma. La vida consiste en una serie de sufrimientos progresivos; vuela cada vez más rápidamente hacia el final, hacia un dolor más terrible. «Vuelo...» Iván Ilich se estremeció, hizo un movimiento, quiso oponerse. Pero sabía que ya no podía hacerlo; y de nuevo contempló, con sus ojos cansados de mirar ante sí, pero incapaces de dejar de hacerlo, el respaldo del sofá. Y esperó, esperó esa terrible caída, el choque y la destrucción. «No puedo oponerme», se dijo. «Si al menos, pudiera comprender el porqué. Pero tampoco es posible. Esto podría explicarse si dijera que no he vivido como debía. Pero es imposible reconocer esto», se dijo, recordando la legalidad, la regularidad y la conveniencia de su vida. «No puedo admitir esto», repitió, sonriendo solo con los labios, como si alguien pudiese ver su sonrisa y ser engañado por ella. «No hay explicación. Sufrimientos..., muerte... ¿Por qué?»

CAPÍTULO XI

*Así transcurrieron dos semanas. En aquel lapso ocu-
rrió el acontecimiento tan deseado por Iván Ilich*
y por su mujer: Petrischev pidió la mano de Liza. Fue
por la noche. Al día siguiente, Praskovia Fiodorovna entró en el cuarto de su marido, pensando cómo anuncia-
ría la petición de Fiodor Petrovich; pero aquella misma
noche el estado de Iván Ilich se había agravado. Praskovia Fiodorovna lo encontró en el mismo sofá y en la misma postura de siempre. Estaba tendido de espaldas, gi-
miendo y mirando ante sí, con los ojos fijos en un punto.

Praskovia Fiodorovna empezó a hablarle de los medicamentos. Iván Ilich la miró. Era tal el odio que expresaba esa mirada, que Praskovia Fiodorovna no pudo
acabar la frase empczada.

—¡Por el amor de Dios, déjarme morir tranquilo!
—exclamó Iván Ilich.

Praskovia Fiodorovna se disponía a salir de la estancia en el momento en que entraba Liza, para dar los buenos días al enfermo. Este miró a su hija con la misma expresión con la que había mirado a su mujer; y, a las preguntas respecto de su salud, respondió, secamente, que no tardaría en librarlas de su presencia. Las dos mujeres guardaron silencio; y, después de permanecer un ratito sentadas, abandonaron la habitación.

—¿Qué culpa tenemos? —exclamó Liza, dirigiéndose a su madre—. ¡Como si fuera culpa nuestra! Me da lástima de papá; pero ¿por qué nos atormenta?

El doctor llegó a la hora de costumbre. Iván Ilich contestó a sus preguntas, diciendo «sí», «no», sin dejar de mirarlo con expresión iracunda, y, finalmente, añadió:

—Ya sabe usted que nada me aliviará; así, pues, déjeme.

—Podemos aminorar sus sufrimientos —replicó el doctor.

—Tampoco pueden ustedes hacerlo; déjeme.

El médico entró en el salón, para comunicar a Praskovia Fiodorovna que su marido estaba muy grave y que el único medio de aliviar sus dolores, que debían de ser atroces, era el opio.

Opinaba que eran terribles los sufrimientos físicos de Iván Ilich; y tenía razón. Pero los morales —su principal tormento— constituían un martirio mucho más grande.

Aquella noche, mientras había contemplado el bondadoso rostro de pómulos salientes de Guerasim, que dormitaba, de pronto se le ocurrió la siguiente idea: «¿Y si, en efecto, mi vida, mi vida consciente, no ha sido como debía ser?».

Se le ocurrió que podía ser verdad lo que antes se le presentara como algo totalmente imposible, es decir: que no había vivido como debía. Pensó que los intentos imperceptibles que había hecho para luchar contra lo que los hombres de elevada posición consideran bueno, intentos que acto seguido rechazaba, podían ser los verdaderos, y que todo lo demás no era lo que debía ser. Su carrera, su modo de vivir, su familia y aquellos intereses de la sociedad y del servicio, todo podía haber sido distinto de lo que debía ser. Trató de defender todo aquello ante sí mismo. Súbitamente, se dio cuenta de la inconsistencia de lo que defendía; y ya no quedó nada por defender.

«Si abandono esta vida con la conciencia de que he malgastado todo lo que se me ha dado y de que no se puede remediar, entonces ¿qué queda?», se dijo. Se tendió de espaldas y empezó a analizar toda su vida, desde un nuevo punto de vista. Por la mañana, cuando vio al criado y luego a Praskovia Fiodorovna, a su hija y al doctor, tanto sus gestos como sus palabras le confirmaron la terrible verdad que se le había revelado aquella noche. Se veía reflejado en ellos, veía en ellos su propia vida y le era evidente que todo aquello había sido equivocado, que se trataba de un enorme engaño, que velaba tanto la vida como la muerte. Esta sensación aumentó, decuplicando sus sufrimientos físicos. Iván Ilich gemía, se agitaba y se arrancaba la ropa. Le parecía que lo ahogaba; y, por ese motivo, sentía odio hacia los suyos.

Le administraron una fuerte dosis de opio que lo sumió en un sopor, pero, a la hora de comer, aquello volvió a empezar.

Iván Ilich rechazaba a todo el mundo y se debatía.

Praskovia Fiodorovna entró en la habitación y le dijo:

—Jean, querido, hazlo por mí. —¿Por mí?—. Esto no puede perjudicarte y, a menudo, alivia. No indica nada; a menudo, incluso las personas sanas...

El enfermo abrió desmesuradamente los ojos.

—¿Qué? ¿Comulgar? ¿Para qué? No es preciso. Aunque...

Praskovia Fiodorovna se echó a llorar.

—¿Sí, amigo mío? Llamaré al nuestro. ¡Es tan simpático...!

—Muy bien, perfectamente —pronunció Iván Ilich.

Cuando llegó el sacerdote y confesó a Iván Ilich, este se dulcificó, creyó sentirse aliviado respecto de sus dudas y, por consiguiente, de sus sufrimientos. Lo invadió una esperanza pasajera. De nuevo empezó a pensar en el intestino ciego y en la posibilidad de que se le curara. Comulgó con lágrimas en los ojos.

Una vez que lo hubieron acostado, después de la comunión, por un momento se encontró bien; y de nuevo renació la esperanza de vivir. Meditó sobre la operación que le habían propuesto. «Vivir, quiero vivir», se decía. Su mujer vino a felicitarlo. Pronunció las palabras de rigor, añadiendo:

—¿Verdad que te encuentras mejor?

Sin mirarla, Iván Ilich murmuró:

—Sí.

El traje de su mujer, su constitución, la expresión de su rostro y el sonido de su voz, todo le decía lo mismo. «No es esto. Todo lo que ha constituido y constituye tu vida es mentira y engaño. Te oculta la vida y la muerte.» En cuanto le acudió esta idea, el odio se despertó en él; y a la vez volvieron los terribles sufrimientos físicos y la conciencia de su muerte, próxima e inevitable. Se produjo algo nuevo en él: sintió retortijones y punzadas; y algo le oprimió el pecho.

Era terrible su expresión en el momento en que había dicho «sí». Después de pronunciar esta palabra, se volvió boca abajo, con una rapidez impropia, dada su debilidad, y gritó:

—¡Idos, idos! ¡Dejadme!

CAPÍTULO XII

A *partir de aquel momento, Iván Ilich empezó a* *gritar —cosa que duró tres días sin interrupción—;* y sus gritos eran tan terribles que producían espanto, aún oyéndolos a través de dos puertas cerradas. En el momento en que respondía a su mujer, había comprendido que estaba perdido, que no había salvación, que le había llegado el fin, el verdadero fin; y que la duda, que no se había resuelto, quedaría sin resolver.

—¡No quiero! —gritó; y continuó arrastrando la última vocal, con distintas entonaciones.

Durante aquellos tres días, en los que perdió la noción del tiempo, luchó dentro de aquel saco negro al que lo empujaba una fuerza desconocida e invencible. Luchaba como lucha en manos del verdugo un condenado a muerte que sabe que no se ha de salvar. Y se daba cuenta de que, a pesar de los esfuerzos que hacía, se acercaba cada vez más a lo que tanto lo horrorizaba. Comprendía que sus sufrimientos se debían tanto al hecho de introducirse en aquel saco negro como a la imposibilidad de hacerlo. Lo que le impedía entrar allí era la conciencia de que su vida había sido buena. Esa justificación hacía que se enganchara, impidiéndole pasar adelante; y era lo que más le hacía sufrir.

De repente, una fuerza invisible le dio un empujón en el pecho y en el costado, y le fue aún más difícil respirar. Se hundió en el saco, en cuyo fondo apareció una luz. Le ocurrió lo que solía ocurrirle cuando iba en el tren; se figuraba que iba hacia adelante, cuando en realidad retrocedía; y, de pronto, se enteraba de la verdadera dirección.

«En efecto, todo esto no ha sido lo que debía ser —se dijo—. Aunque no importa, puede hacerse aquello. Pero ¿qué es?» Repentinamente, se calmó.

Esto sucedió al final del tercer día, una hora antes de su muerte. Acababa de entrar su hijo, acercándose de puntillas al lecho. El moribundo gritaba, agitando los brazos. Una de sus manos tropezó con la cabeza del muchacho, que la asió, y, llevándosela a los labios, se echó a llorar. En aquel preciso instante era cuando Iván Ilich se hundía en aquella profundidad, veía aquella luz y se le revelaba que su vida no había sido lo que debía ser, pero que aún podía arreglarla. Se preguntó: «¿Qué es aquello?». Y guardó silencio, para prestar atención. Sintió que alguien le besaba la mano. Abrió los ojos y vio a su hijo. Se apiadó de él. Su mujer se acercó. Iván Ilich la miró. Tenía la boca abierta y huellas de lágrimas en una mejilla y en la nariz. Miraba a su marido con expresión desesperada. También se compadeció de ella.

«Les hago sufrir —pensó—. Les da pena de mí; pero estarán mejor cuando muera.» Iván Ilich quiso decir esto; pero no tuvo fuerzas. «Por otra parte, ¿para qué decirlo? Debo hacerlo», pensó. Con una mirada llamó la atención de Praskovia Fiodorovna sobre su hijo y pronunció:

—¡Llévatelo...! Me da pena... y de ti también —quiso añadir «perdón»; pero dijo otra palabra; y, sin fuerzas para corregirse, hizo un gesto con la mano, pues le constaba que lo entendería quien debiera entenderlo.

De pronto, le fue evidente que el problema que lo atormentaba se había resuelto súbitamente. «Me da pena de ellos. Es preciso hacer que no sufran. Liberarlos y liberarme yo mismo de esos sufrimientos. ¡Qué bien y qué sencillo! ¿Y el dolor?», se preguntó. «¿Qué hago con él? ¿Dónde estás, dolor?»

Prestó atención.

«Ah, sí, aquí está. Bueno, que siga. ¿Y la muerte? ¿Dónde está?»

Buscó su antiguo terror a la muerte, sin hallarlo. ¿Dónde estaba? ¿Qué era la muerte? No sentía terror alguno, porque la muerte no existía.

En lugar de la muerte, había luz.

—¡Ah! ¡Es esto! —exclamó, de pronto, en voz alta—. ¡Qué alegría!

Para él todo esto sucedió en un instante. Y su significado ya no podía variar. En cambio, para los presentes, su agonía duró aún dos horas. En su pecho bullía algo y su cuerpo extenuado se estremecía. Luego, los ruidos de su pecho y los estertores se volvieron menos frecuentes.

—Ha terminado —dijo alguien.

Iván Ilich oyó estas palabras y las repitió en el fondo de su alma. «Ha terminado la muerte. Ya no existe.» Aspiró una bocanada de aire, se detuvo a la mitad de la aspiración, extendió los miembros y murió.

LEV TOLSTOI TERMINÓ DE ESCRIBIR ESTA
HISTORIA EN MARZO DE 1886, EN PLENA
SINTONÍA CON SUS PRINCIPIOS FILOSÓFICOS
Y MORALES CENTRADOS EN LA ETERNA
BÚSQUEDA DEL SENTIDO DE LA VIDA.

PEQUEÑOS TESOROS DE LA LITERATURA
Título original: *Smert Ivana Ilichá*
Autor: Lev Tolstoi

© 2023 RBA Coleccionables, S.A.U.
© 2023 RBA Ediciones Argentina, S.R.L.

© de la traducción: Irene Andresco y Laura Andresco, 2004.

Ilustración de cubierta: Cristina Serrat
Diseño de cubierta y de interior: Luz de la Mora
Realización editorial: Editec Ediciones

ISBN (OC): 978-84-1149-551-6
ISBN (Libro): 978-84-1149-944-6
Depósito legal: B 21140-2023

Impreso por Liberdúplex, S.L.U.
Impreso en España – *Printed in Spain*

Para Argentina:
Editada, Publicada e importada por RBA EDICIONES ARGENTINA S.R.L.
Av. Córdoba 950 5° Piso "A". C.A.B.A.
Distribuye en C.A.B.A y G.B.A.: Brihet e Hijos S.A., Agustín Magaldi 1448 C.A.B.A.
Tel.: (11) 4301-3601. Mail: ventas@brihet.com.ar
Distribuye en Interior: Distribuidora General de Publicaciones S.A., Alvarado 2118 C.A.B.A.
Tel.: (11) 4301-9970. Mail: circulacion@dgpsa.com.ar

Para Chile:
Importado y distribuido por: El Mercurio S.A.P., Avenida Santa María N° 5542,
Comuna de Vitacura, Santiago, Chile

Para México:
Editada, publicada e importada por RBA Editores México, S. de R.L. de C.V.
Av. Patriotismo 229, piso 8, Col. San Pedro de los Pinos, CP 03800, Alcaldía Benito Juárez,
Ciudad de México, México
Fecha primera publicación en México: abril 2024.
ISBN (Obra completa): en trámite.
ISBN (Libro): en trámite.

Para Perú:
Edita RBA COLECCIONABLES, S.A.U., Avenida Diagonal, 189. 08019 Barcelona. España.
Distribuye en Perú: PRUNI SAC RUC 20602184065
Av. Nicolás Ayllón 2925 Local 16A El Agustino. CP Lima 15022 - Perú
Tlf. (511) 441-1008. Mail: pedidos@pruni.pe